Antonio Jaimez

Le Massage Tantrique, Le Guide Complet

Un Voyage Sur Le Chemin De L'extase

Ce livre est destiné à des fins d'information générale uniquement et ne doit pas être considéré comme un conseil juridique, financier, médical ou professionnel de quelque nature que ce soit. Le contenu de ce livre est fourni à des fins éducatives et informatives uniquement et ne garantit pas l'exactitude, l'exhaustivité ou l'applicabilité des informations présentées.

L'auteur et l'éditeur ne sont pas responsables des mesures prises par le lecteur sur la base des informations contenues dans ce livre. Il est conseillé aux lecteurs de consulter des professionnels compétents avant de prendre des décisions ou d'agir sur la base des informations présentées dans ce livre.

L'auteur et l'éditeur de ce livre ont fait des efforts raisonnables pour assurer l'exactitude et la fiabilité des informations fournies dans ce livre. Toutefois, aucune garantie n'est donnée quant à l'exactitude ou à l'exhaustivité des informations contenues dans ce livre. L'auteur et l'éditeur déclinent toute responsabilité en cas d'erreurs ou d'omissions dans le contenu, ainsi que pour toute perte, tout dommage ou toute blessure pouvant résulter de l'utilisation des informations contenues dans ce livre.

Toutes les marques commerciales, marques de service, noms commerciaux, noms de produits et logos apparaissant dans ce livre sont la propriété de leurs détenteurs respectifs. L'utilisation de ces marques, marques de service, noms commerciaux, noms de produits et logos n'implique aucune affiliation, parrainage, approbation ou lien avec l'auteur et l'éditeur de ce livre. Les détenteurs des marques déposées n'assument aucune responsabilité quant au contenu de cet ouvrage.

Tous les droits sont réservés. Aucune partie de ce livre ne peut être reproduite, stockée dans un système de récupération ou transmise sous quelque forme ou par quelque moyen que ce soit, électronique, mécanique, photocopie, enregistrement ou autre, sans l'autorisation écrite préalable du détenteur des droits d'auteur.

Vous souhaitez entrer en contact direct avec Antonio Jaimez et être parmi les premiers à être informés de ses dernières sorties et à découvrir les œuvres sur lesquelles il travaille en secret ? Rejoignez la communauté Facebook exclusive et faites partie d'un groupe de contact direct avec Antonio Jaimez. Vous pourrez laisser vos commentaires et vos propositions pour améliorer ses œuvres et ils seront entendus. Vous pourrez interagir avec la communauté et vous recevrez également des contenus gratuits et des promotions exclusives qu'Antonio aura la gentillesse de partager avec ses membres.

Cliquez sur ce lien pour accéder au groupe privé sur Facebook :

www.facebook.com/groups/antoniojaimezoficial/

Ou scannez le code QR ci-dessous :

Préface : L'éveil : L'importance de la connexion -- 6

Chapitre 1 : L'origine du massage tantrique : des pratiques anciennes revisitées -- 9

Chapitre 2 : L'alchimie du toucher : de la peau à l'âme ------------------------------ 17

Chapitre 3 : Redécouvrir ses cinq sens : la porte d'entrée du présent ---------- 25

Chapitre 4 : Le souffle de vie : le pranayama et l'énergie sexuelle ---------------- 33

Chapitre 5 : Le corps en tant que temple : soins personnels et nutrition ------ 40

Chapitre 6 : L'éveil de la Kundalini : énergie sexuelle et spiritualité ------------- 48

Chapitre 7 : L'art de l'accouchement : surmonter les blocages et les résistances -- 56

Chapitre 8 : Le jeu de la polarité : explorer le masculin et le féminin ----------- 64

Chapitre 9 : Danser avec l'énergie : la pratique du tantra en couple ------------ 71

Chapitre 10 : Les sept chakras : centres d'énergie et de plaisir -------------------- 79

Chapitre 11 : Méditation et massage tantrique : cultiver la pleine conscience -- 87

Chapitre 12 : La magie du rituel : créer un espace sacré ---------------------------- 95

Chapitre 13 : Le langage du corps : la communication non verbale dans le tantra -- 101

Chapitre 14 : Guérir par le toucher : le massage tantrique et la santé émotionnelle --- 109

Chapitre 15 : Techniques et séquences de massage tantrique : un voyage à travers le corps -- 117

Chapitre 16 : La synthèse des opposés : Intégration et équilibre -------------- 125

Chapitre 17 : La spirale ascendante : Transcender le temps et l'espace ------ 132

Chapitre 18 : Le Tantra et les relations : Créer un lien plus profond ----------- 138

Chapitre 19 : L'énergie sexuelle sublimée : canaliser le pouvoir créatif ------ 146

Chapitre 20 : Le voyage continue : croissance personnelle et transformation grâce au tantra -- 154

Chapitre 21 : Les tantriques modernes : les femmes et le pouvoir de l'énergie sexuelle -- 161

Chapitre 22 : L'éveil masculin : masculinité et sensibilité dans le tantra ----- 169

Chapitre 23 : Le massage tantrique et la culture : remettre en question les normes et les croyances --- 176

Chapitre 24 : Atteindre l'illumination par le plaisir : une voie révolutionnaire -- 183

Chapitre 25 : De la pratique à la maîtrise : votre chemin vers l'illumination tantrique". -- 191

Adieu : L'extase du présent : Un adieu n'est qu'un nouveau départ---------- 199

Une dernière faveur -- 201

Préface : L'éveil : L'importance de la connexion

Préface

Bienvenue, chère lectrice, cher lecteur ! Votre présence ici est célébrée avec joie et gratitude. Je suis Antonio Jaimez, votre guide dans cette fascinante expédition que vous êtes sur le point de commencer. Je suis immensément honoré que vous ayez choisi ce livre pour vous accompagner dans votre voyage de découverte et de développement personnel.

Votre choix est le reflet de votre sagesse et de votre volonté d'évoluer. Vous avez fait preuve d'une ouverture précieuse à de nouvelles connaissances et expériences, d'un désir de découvrir les profondeurs de votre être et de vous connecter avec les autres à un niveau plus profond et plus significatif. Permettez-moi de vous féliciter pour ce choix judicieux.

Tout au long de ma vie, j'ai eu la chance d'apprendre et d'enseigner les pratiques et les principes du massage tantrique. C'est une passion, une vocation, un mode de vie. Au fil des années de pratique et d'enseignement, j'ai vu et expérimenté de première main la transformation qu'il peut apporter à nos vies. Aujourd'hui, je suis heureuse de pouvoir partager cette sagesse avec vous.

Je me considère comme une voyageuse et une perpétuelle apprenante sur le chemin de l'extase. Au fil des années, j'ai réalisé que l'authenticité, le respect et la compassion sont les pierres angulaires de la création d'un espace sûr et sacré pour l'exploration de notre essence divine. À chaque page de ce livre, vous trouverez cette essence.

Nous commencerons ce voyage en nous immergeant dans les origines anciennes du massage tantrique et dans la pertinence de ces pratiques aujourd'hui. Nous explorerons ensuite la magie et le pouvoir du toucher, des sens et de la respiration comme voies d'accès à la conscience et à la connexion. Au fur et à mesure que nous avancerons, vous découvrirez les chakras, l'énergie de la kundalini et la façon dont ces concepts peuvent enrichir votre expérience du massage tantrique. À travers cette exploration, je vous invite à vous ouvrir à de nouvelles perspectives, à remettre en question les normes culturelles et à cultiver une relation plus profonde avec vous-même et avec les autres.

Je sais qu'en continuant à lire ce livre, vous trouverez des outils et des pratiques pour vous connecter à votre énergie sexuelle et la transformer en un puissant véhicule de guérison, de créativité et de croissance spirituelle. Ce livre est conçu non seulement pour être lu, mais aussi pour être vécu. Je vous encourage à pratiquer, à explorer et à vous immerger dans les expériences au fur et à mesure que vous avancez.

Outre les connaissances et les techniques, vous trouverez dans ces pages un monde de bienfaits émotionnels. Le massage tantrique peut vous aider à libérer des blocages émotionnels, à guérir des blessures du passé et à cultiver une plus grande acceptation et un plus grand amour de vous-même. Ce chemin peut être un chemin de libération, d'autonomisation et de joie.

Cependant, comme dans tout voyage, il peut y avoir des moments d'incertitude ou des défis. Si vous les rencontrez, je vous invite à persévérer, à garder la foi en votre chemin et à faire confiance au processus. Rappelez-vous toujours que vous n'êtes pas seul sur ce chemin. Je suis là avec vous, je vous soutiens

Chapitre 1 : Les origines du massage tantrique : des pratiques anciennes revisitées

Le voyage le plus important que vous entreprendrez jamais est celui qui vous fera passer de l'extérieur à l'intérieur, du connu à l'inconnu, de la routine au mystère. Êtes-vous prêt à vous embarquer pour un tel voyage ? Si vous lisez ces mots, la réponse est probablement un "oui" retentissant. Mais vous êtes-vous déjà demandé comment la pratique que vous êtes sur le point d'explorer a vu le jour ? Comment la sagesse ancienne du massage tantrique a-t-elle trouvé sa place dans la société contemporaine ? Et pourquoi est-elle si pertinente aujourd'hui ?

Pour comprendre pleinement le massage tantrique et son pouvoir de transformation, il est essentiel de remonter dans le temps, jusqu'à ses racines, à l'origine d'une sagesse qui a résisté à l'épreuve du temps et aux tempêtes du changement. Vous y trouverez les clés qui vous permettront d'accéder à une plus grande conscience, à une connexion plus profonde et à une vie d'épanouissement et d'extase.

Le massage tantrique n'est ni une mode ni une invention moderne. Il trouve ses racines dans l'Inde ancienne, il y a plus de 5 000 ans, à une époque où les sages indiens ont codifié une vision du monde qui considérait le plaisir et la spiritualité comme les deux faces d'une même pièce. Étonnant, n'est-ce pas ? Dans un monde où la dualité semble être la norme, où le plaisir et la spiritualité sont souvent considérés comme opposés, pouvez-vous imaginer à quel point ce concept a dû être révolutionnaire ? Et si je vous disais que cette ancienne sagesse a encore le pouvoir de transformer votre vie aujourd'hui ?

Mais qu'est-ce que le massage tantrique exactement ? S'agit-il simplement d'une forme exotique de massage ou de quelque chose de plus ? Si vous avez déjà entendu le mot "Tantra", on vous l'a probablement présenté comme un moyen de prolonger le plaisir sexuel ou d'intensifier l'intimité dans une relation de couple. Bien que cela fasse partie de la vérité, ce n'est pas toute la vérité.

Le massage tantrique est bien plus qu'une technique, c'est un mode de vie, une philosophie, un chemin vers l'extase et la libération. Mais qu'est-ce que cela signifie exactement, et comment un "simple" massage peut-il être un chemin vers l'extase et la libération ? Ce sont des questions profondes, qui nécessitent une exploration attentive et réfléchie.

Le Tantra est une voie spirituelle qui honore et célèbre l'énergie sexuelle comme une force puissante et sacrée de vie, de création et de connexion. On pense que cette énergie, lorsqu'elle est éveillée et canalisée correctement, a le potentiel de nous transformer, de nous guérir et de nous relier à notre essence divine.

Le massage tantrique est l'un des moyens les plus pratiques et les plus accessibles d'explorer cette ancienne philosophie. Il combine des techniques de respiration, de méditation et de massage pour éveiller et canaliser l'énergie sexuelle, favorisant ainsi une connexion profonde avec soi-même et avec les autres.

Mais ne vous y trompez pas, ce n'est pas une tâche facile. Ce n'est pas quelque chose que l'on peut maîtriser du jour au lendemain. Il s'agit d'un voyage, d'un chemin, d'un pèlerinage vers l'essence même de ce que vous êtes. Et tout voyage, cher lecteur, exige du courage, de l'ouverture et de la patience. Comme l'a dit le célèbre auteur et enseignant spirituel Eckhart Tolle dans son livre "Le pouvoir du présent" (1997) : "La patience n'est pas une résignation passive, ni un renoncement à l'action ; agir avec la conscience d'être est son essence".

L'Inde ancienne, où le Tantra s'est épanoui, était une terre de contrastes et de convergences. Au milieu de cette diversité, le Tantra a émergé comme une voix révolutionnaire, défiant les structures rigides et les normes sociales. Il prône l'acceptation totale de la vie dans toutes ses manifestations - la lumière et l'obscurité, le sacré et le banal, le plaisir et la douleur.

Pourquoi est-ce que je mentionne tout cela ? Parce qu'il est essentiel de comprendre que le massage tantrique que nous connaissons aujourd'hui n'est pas né dans le vide. Il est le produit de milliers d'années de sagesse accumulée, d'une tradition qui a évolué et s'est adaptée à travers les âges et les cultures.

Bien que le massage tantrique trouve ses racines dans l'Inde ancienne, il ne se limite pas à cette culture. En fait, au cours de son évolution, le Tantra et ses pratiques, y compris le massage, ont puisé à de nombreuses sources et ont été adaptés à différentes cultures et époques. Comme le souligne le professeur et expert en tantra David Gordon White dans son livre "Enlightened Tantra" (2003), le tantra est "un produit de synthèse et d'assimilation, une combinaison d'éléments provenant de traditions et de cultures différentes".

Par conséquent, le massage tantrique que nous connaissons aujourd'hui est autant un produit de l'antiquité que du présent, une synthèse des sagesses anciennes et modernes, une fusion de l'Orient et de l'Occident. Et c'est précisément ce qui le rend si pertinent aujourd'hui.

Et c'est là que vous entrez en jeu. En ouvrant ce livre, en entreprenant ce voyage, vous vous inscrivez dans cette histoire vivante. Vous rejoignez une tradition ancienne, vous devenez un explorateur de la conscience, un alchimiste de l'extase.

Mais que signifie tout cela pour vous, ici et maintenant ? Comment le massage tantrique peut-il enrichir votre vie, ici et maintenant ? Comment peut-il vous aider à relever les défis de la vie moderne, à vous connecter plus profondément avec vous-même et avec les autres, à vivre une vie plus épanouie et plus extatique ? Telles sont les questions que nous allons explorer dans les pages suivantes. Alors, cher lecteur, je vous invite à continuer à lire, à continuer à explorer, à continuer à vous ouvrir aux possibilités offertes par ce livre. Êtes-vous prêt à poursuivre le voyage ? Êtes-vous prêt à plonger encore plus profondément dans le monde fascinant du massage tantrique ?

Voici un exemple concret pour vous aider à mieux le visualiser. Imaginez que vous vous trouvez dans un magnifique jardin rempli de fleurs luxuriantes et de couleurs vives. L'air est frais et la lumière du soleil filtre à travers les feuilles, créant une mosaïque d'ombres et de lumières dansantes. Vous vous asseyez sur une pierre douce et commencez à sentir la vie autour de vous : le bourdonnement des abeilles, le gazouillis des oiseaux, le doux bruissement des feuilles.

Avez-vous remarqué que cette expérience sensorielle vous apporte un sentiment de plénitude et de présence ? Comment, pendant un moment, tous vos problèmes et soucis semblent se dissoudre dans cet ici et maintenant ?

C'est un aperçu de ce que le massage tantrique peut vous offrir. Mais au lieu d'être le spectateur, vous êtes à la fois le jardin et le jardinier. Vous êtes le créateur de votre propre extase, l'artisan de votre propre expérience.

Le massage tantrique vous invite à prendre le contrôle de votre vie sensorielle, à vous défaire des chaînes de la routine et à vous immerger dans l'univers merveilleux des sensations qui habitent votre propre corps. Et ce n'est pas un voyage que vous devez faire seul. Grâce au massage tantrique, vous pouvez apprendre à vous connecter profondément avec votre partenaire, à communiquer au-delà des mots, à créer ensemble un espace d'intimité, de respect et d'extase partagée.

Dans son livre "The Art of Sexual Ecstasy : A Practical Manual on Tantric Love and Sex" (1995), Margot Anand, écrivain et professeur de tantra bien connu, déclare : "Le tantra nous apprend à accepter notre corps, nos besoins et nos émotions comme sacrés, à célébrer la danse de la vie et à toucher les autres avec conscience et respect".

En suivant cette ligne de pensée, le massage tantrique peut être un outil merveilleux pour améliorer nos relations, pour apprendre à donner et à recevoir de l'amour d'une manière plus complète et plus consciente.

Si vous vous sentez un peu dépassé par tout cela, ne vous inquiétez pas. Nous sommes ici pour explorer ensemble, pas à pas, ce voyage de découverte et de transformation. Et, bien que le chemin puisse sembler long et difficile, je vous assure que chaque étape en vaut la peine. Chaque moment de présence, chaque contact conscient, chaque respiration profonde, vous rapproche un peu plus de vous-même, de votre essence, de votre potentiel d'amour et d'extase.

Alors, cher lecteur, je vous invite à continuer à lire, à continuer à explorer, à continuer à grandir, et je vous promets que ce sera un voyage que vous n'oublierez pas. Je vous promets que ce sera un voyage que vous n'oublierez pas. Êtes-vous prêt à continuer ? Êtes-vous prêt à plonger plus profondément au cœur du massage tantrique ?

Êtes-vous prêt à plonger au cœur du massage tantrique ? La réponse à cette question peut sembler simple, mais elle comporte en réalité de nombreuses facettes. Le choix de s'embarquer dans ce voyage n'est pas seulement une décision consciente, mais un appel du cœur, un murmure de l'âme.

Au-delà des techniques et des pratiques, au-delà des écritures anciennes et des rituels mystérieux, le massage tantrique est, dans son essence, une invitation à l'amour. À un amour qui s'étend au-delà des limites de l'ego et se fond dans le tout. À un amour qui ne cherche pas à posséder, mais à libérer. À un amour qui n'est pas considéré comme acquis, mais cultivé à chaque respiration, à chaque toucher, à chaque battement de cœur.

Nous vivons à un moment de l'histoire où la soif de connexion authentique, d'intimité profonde, d'extase véritable, n'a jamais été aussi grande. Le massage tantrique, qui met l'accent sur la présence, la conscience et la connexion, a le potentiel de répondre à cette soif, d'offrir une oasis dans le désert de la déconnexion moderne.

Peu importe que vous soyez nouveau dans le monde du tantra, que vous ayez déjà eu une expérience du massage tantrique ou que vous soyez simplement intrigué par ce que ces pages peuvent vous révéler. Nous sommes tous ici pour une raison. Nous faisons tous ce voyage ensemble. Et ensemble, nous pouvons explorer, découvrir et transformer.

En suivant les traces de grands maîtres du Tantra tels qu'Osho, qui dans "Tantra : The Supreme Understanding" (1975) a déclaré que "le Tantra est la science qui transforme les amants ordinaires en âmes sœurs". Et c'est là toute la grandeur du Tantra. Il peut transformer toute l'énergie de la luxure en amour et en prière", nous sommes invités à porter nos expériences de plaisir et de connexion à un tout autre niveau.

Nous avons déjà examiné l'origine et la philosophie du massage tantrique. Nous avons commencé à découvrir comment le massage tantrique peut enrichir nos vies, améliorer nos relations et libérer notre potentiel d'amour et d'extase.

Mais ceci, cher lecteur, n'est qu'un début. Dans le chapitre suivant, "L'alchimie du toucher : de la peau à l'âme", nous explorerons l'importance du lien physique, le pouvoir de guérison du toucher et la manière dont nous pouvons utiliser nos mains non seulement pour donner du plaisir, mais aussi pour communiquer de l'amour, du respect et de la compréhension.

Car sur le chemin du massage tantrique, chaque toucher est un mot, chaque caresse est une phrase, et chaque rencontre est un poème écrit dans le langage du cœur. Je vous invite à me suivre dans ce voyage, à ouvrir votre esprit et votre cœur, à découvrir votre propre chemin vers l'extase. Êtes-vous prêt ?

Chapitre 2 : L'alchimie du toucher : de la peau à l'âme

Imaginez que vos mains sont deux puissants alchimistes. Ces magiciens diligents ont le pouvoir de transformer l'ordinaire en extraordinaire, de transformer le plomb en or. Dans l'univers de la peau, vos mains ont la capacité de transformer un simple contact en une connexion spirituelle profonde. Mais qu'est-ce que cela signifie vraiment ? Comment le toucher, quelque chose que nous considérons comme purement physique, peut-il devenir une fenêtre sur l'âme ?

Je suis sûr que vous vous souvenez d'un moment où le toucher de quelqu'un signifiait bien plus qu'un simple contact physique. Peut-être s'agissait-il de l'étreinte d'un être cher après une longue période de séparation, de la main de votre partenaire entrelacée à la vôtre dans un moment de calme, ou même du simple frôlement d'un ami qui vous a donné le sentiment d'être vu et compris. Le toucher a son propre langage, un langage qui s'adresse directement à l'âme et qui franchit les barrières du langage verbal et de la rationalité.

C'est le merveilleux mystère de l'alchimie du toucher, la transformation de la peau en âme, du toucher en connexion. Mais pourquoi cette alchimie du toucher est-elle importante, en particulier dans le contexte du massage tantrique ?

Permettez-moi de vous poser une question, cher lecteur : vous souvenez-vous de la dernière fois où vous vous êtes senti vraiment connecté à quelqu'un, où vous avez senti toutes les barrières tomber et où seule l'essence pure de l'autre est restée

? vous souvenez-vous de ce que vous avez ressenti dans votre corps, sur votre peau ?

Le massage tantrique, dans son essence, cherche à cultiver et à approfondir cette connexion par le biais d'un toucher conscient et aimant. En nous connectant à notre peau, l'organe le plus grand et l'un des plus sensibles du corps humain, nous nous ouvrons à un monde de sensations et d'expériences qui peuvent nous emmener au-delà des limites de notre esprit et de nos émotions.

Oui, cher lecteur, la peau n'est pas seulement une barrière qui protège notre corps du monde extérieur. C'est une frontière, un point de rencontre entre soi et l'autre, entre l'intérieur et l'extérieur. Et lorsque nous touchons et sommes touchés avec présence et amour, cette frontière peut devenir un pont, un portail vers une compréhension plus profonde de nous-mêmes et des autres.

Tout au long de ce chapitre, nous nous lancerons dans une exploration profonde et fascinante de l'alchimie du toucher. Nous découvrirons ensemble comment le toucher peut devenir un outil de guérison, de connexion et d'éveil, et comment le massage tantrique, qui met l'accent sur le toucher conscient et aimant, peut transformer notre expérience du plaisir, de l'amour et de l'intimité. Et n'oubliez pas, cher lecteur, que ce voyage est autant le vôtre que le mien. Je vous invite donc à explorer, ressentir et vous ouvrir aux merveilleuses possibilités que ce voyage a à offrir. Êtes-vous prêt à commencer ?

La beauté du toucher réside dans son universalité, vous savez, comment un simple contact peut communiquer une multitude d'émotions : amour, compassion, réconfort, désir, et bien plus encore. Et si nous explorions le toucher non seulement comme un moyen de communication physique, mais aussi comme le langage de notre âme ?

Pour comprendre la véritable alchimie du toucher, nous devons nous tourner vers les enseignements de la neurobiologie. Comme le dit Candace Pert dans son livre révolutionnaire "Molecules of Emotion" (1997), notre corps est littéralement notre subconscient. Nos émotions, nos pensées et nos sentiments se traduisent par des réponses chimiques dans notre corps, et ces réponses sont perçues et ressenties par le biais de notre système sensoriel. Parmi tous nos sens, le toucher est le plus fondamental : vous êtes-vous déjà demandé pourquoi une étreinte peut vous calmer lorsque vous êtes triste, ou pourquoi le contact d'une main aimée peut faire battre votre cœur plus vite ?

En effet, le toucher, dans son essence même, est une expérience holistique. Il implique non seulement la peau et les terminaisons nerveuses, mais aussi nos émotions, notre mémoire et notre âme. Chaque toucher est une symphonie de sensations et d'émotions qui nous parle dans un langage plus profond et plus primordial que les mots.

Pour en savoir plus, rappelons les enseignements d'Ashley Montagu dans son ouvrage "Touching : The Human Significance of the Skin" (1971). Montagu propose que la peau, avec ses millions de terminaisons nerveuses sensibles, soit un vecteur d'amour et de connexion. C'est par la peau que nous nous connectons au monde extérieur et que nous communiquons nos besoins et nos émotions. C'est par la peau que nous faisons l'expérience de l'amour, de l'affection et de l'intimité.

Pensez maintenant à un massage tantrique. Imaginez deux corps entrelacés dans une danse sacrée de toucher et de caresses, de donner et de recevoir. Dans cet espace, le toucher n'est pas seulement un moyen de transmettre un plaisir physique. C'est une façon d'exprimer l'amour, le respect et la révérence. C'est un langage qui parle au cœur et à l'âme, qui tisse un lien au-delà du corps physique. Un massage tantrique, lorsqu'il est donné et reçu en toute conscience et avec amour, peut être une expérience transformatrice, qui ouvre les portes à une plus grande connexion, à une plus grande intimité et, en fin de compte, à une plus grande compréhension de soi et de l'autre.

Peut-être vous demandez-vous maintenant, cher lecteur, comment cultiver cette alchimie du toucher dans votre vie ? Comment transformer votre peau en un portail vers votre âme ? Eh bien, laissez-moi vous confier un secret : tout commence par la présence et la conscience. Tout commence par un toucher conscient.

Vous est-il déjà arrivé d'être complètement absorbé par le simple fait de toucher quelque chose ? Peut-être était-ce la texture douce et confortable de votre couverture préférée, la rugosité de l'écorce d'un arbre ou la fraîcheur liquide d'un ruisseau bouillonnant ? Si c'est le cas, mon ami, tu as fait l'expérience du pouvoir de transformation d'un toucher conscient.

Le toucher conscient est un état de conscience dans lequel vous êtes pleinement présent dans l'acte de toucher et d'être touché. Ce n'est pas un concept abstrait, c'est une pratique tangible que vous pouvez intégrer dans votre vie quotidienne, et le massage tantrique est une belle plateforme pour explorer et cultiver ce toucher conscient.

Je me souviens de la sagesse de Michael Reed Gach dans Acupressure's Potent Points (1990) lorsqu'il nous rappelle que "la conscience est la guérison". Dans le toucher attentif, l'attention et l'intention sont essentielles. Il ne s'agit pas seulement de bouger les mains, mais de sentir, de s'accorder, d'être présent à chaque toucher et à chaque caresse. Lorsque vous touchez avec conscience, chaque contact devient une méditation, une occasion d'approfondir votre connexion avec vous-même et avec l'autre.

Pensez-y de la manière suivante : lorsque vous donnez un massage tantrique, vos mains deviennent un instrument de votre conscience. Vous sentez la peau de votre partenaire, sa chaleur, sa texture, les contours de ses muscles et de ses os. Vous sentez ses réactions, la façon dont son corps bouge et répond à votre toucher. Ce faisant, vous devenez un témoin conscient de son expérience, un participant actif à son voyage vers une plus grande conscience corporelle et spirituelle.

En revanche, lorsque vous recevez un massage tantrique, votre peau devient un paysage de sensations. Vous vous ouvrez à l'expérience d'être touché, vous vous autorisez à recevoir de l'amour, des soins et du plaisir. Vous vous abandonnez au présent, vous permettant de ressentir chaque contact, chaque caresse, chaque pression. Ce faisant, vous vous connectez plus profondément à vous-même, à votre corps, à votre cœur et à votre âme.

Imaginez maintenant que vous puissiez intégrer cette conscience du toucher dans tous les aspects de votre vie. Imaginez que chaque étreinte soit une célébration de la connexion, que chaque toucher soit une expression d'amour, que chaque contact soit un poème écrit sur la peau. Dans ce monde, la peau n'est pas seulement un organe sensoriel, mais un portail vers un niveau plus profond de conscience et de connexion. Dans ce monde, chaque contact est une alchimie de l'amour.

Te sens-tu prête à entreprendre ce voyage, mon amie, es-tu prête à explorer le vaste univers de sensations qui habite sous ta peau ? Alors rejoignez-moi, car ce n'est que le début. Dans les pages qui suivent, nous allons approfondir l'art et la science du toucher conscient, en explorant son rôle dans la pratique du massage tantrique et en découvrant comment vous pouvez l'incorporer dans votre vie quotidienne.

Comme une douce brise d'été glissant à travers un rideau de soie, l'essence du toucher attentif est quelque chose que vous ne pouvez pleinement expérimenter que lorsque vous vous y abandonnez, et pas seulement dans le contexte du massage tantrique, mais dans toutes les interactions que vous avez avec le monde tangible.

De même, considérez un instant les mots de Dacher Keltner dans "Born to Be Good : The Science of a Meaningful Life" (2009), lorsqu'il déclare que "le toucher est le langage primordial de la compassion". Ce concept est la pierre angulaire du massage tantrique. Le toucher conscient, rempli d'intention et d'empathie, devient un langage que nous pouvons utiliser pour exprimer l'ineffable, pour transmettre l'amour et l'acceptation, pour apporter du réconfort et du soulagement, pour établir une connexion profonde et significative avec les autres.

En réfléchissant à ce que nous avons exploré dans ce chapitre, je vous invite à méditer sur l'importance de ce langage du toucher dans votre propre vie. Comment pouvez-vous appliquer ces principes de pleine conscience et de connexion à la manière dont vous vous touchez vous-même, votre partenaire, vos proches, voire les objets et la nature qui vous entourent ? Comment votre expérience de la vie peut-elle changer lorsque vous vous engagez à toucher et à être touché en pleine conscience et avec amour ?

Et vous savez quoi ? Ce n'est que le début. Nous sommes aux premières étapes d'un voyage incroyablement passionnant. Dans notre prochain chapitre, "Redécouvrir vos cinq sens : le portail vers le présent", je vous invite à approfondir cette merveilleuse exploration des sens. Nous irons au-delà du simple acte de toucher pour explorer comment nos cinq sens peuvent être des portails vers une conscience plus profonde et un plus grand éveil.

Chacun de nos sens nous offre une façon unique d'interagir avec le monde, et en apprenant à les utiliser plus pleinement et avec une plus grande présence, nous pouvons enrichir notre expérience de la vie de façon véritablement transformatrice. Alors, êtes-vous prêt à vous embarquer dans ce voyage sensoriel, mon ami ? Êtes-vous prêt à découvrir les secrets cachés qui vous attendent dans le domaine des sens ? Êtes-vous prêt à explorer la véritable alchimie du toucher, non seulement dans le domaine de la peau, mais aussi dans le jardin infini de votre âme ?

Car c'est le merveilleux voyage qui vous attend dans le prochain chapitre. Et croyez-moi, ce sera une expérience qui changera votre vie, car chaque nouvelle découverte, chaque moment d'illumination, vous rapprochera un peu plus de l'essence de qui vous êtes vraiment. Alors venez, marchez avec moi, car ce voyage au cœur du massage tantrique est un voyage au cœur de vous-même.

Chapitre 3 : Redécouvrir ses cinq sens : la porte d'entrée du présent

Un vieux proverbe chinois dit : "Celui qui sait qu'il ne sait pas, sait". Ce proverbe vous semble familier ? Ce proverbe peut sembler être une énigme, mais il renferme en réalité une grande sagesse. Ce qu'il essaie de faire comprendre, c'est que la reconnaissance de notre ignorance est le premier pas vers la sagesse. Et dans le contexte de notre voyage à la découverte du massage tantrique, cette notion est particulièrement pertinente.

Car, mon ami, il y a de fortes chances que, jusqu'à présent, vous ayez vécu votre vie avec une sorte de bandeau sur les yeux. Ce n'est pas de votre faute. Nous vivons dans une société qui nous entraîne à vivre dans notre tête, à nous concentrer sur nos pensées et sur l'avenir ou le passé, plutôt que sur le présent.

Je vous pose une question, et il est important que vous preniez un moment pour y réfléchir : à quand remonte la dernière fois que vous avez vraiment savouré la nourriture que vous étiez en train de manger ? ou que vous vous êtes arrêté pour respirer le parfum d'une fleur ou l'odeur de la terre mouillée après la pluie ? à quand remonte la dernière fois que vous avez touché quelque chose, non pas par nécessité, mais simplement pour apprécier la sensation de sa texture sous vos doigts ?

Si vous ne vous en souvenez pas, ne vous inquiétez pas. Vous n'êtes pas seul dans ce cas. La plupart d'entre nous sommes tellement déconnectés de nos sens, tellement pris par nos pensées et nos soucis, que nous avons oublié comment être réellement présents à notre corps et au monde qui nous entoure. Et c'est là, dans cet oubli, que réside l'importance de nos cinq sens.

Nos sens sont la porte d'entrée du présent. Ils nous permettent d'interagir avec le monde tangible. Chaque fois que nous savourons une bouchée de nourriture, que nous sentons le parfum d'une fleur, que nous sentons le contact du vent sur notre peau, que nous entendons le chant d'un oiseau ou que nous observons un magnifique coucher de soleil, nous sommes ancrés dans l'ici et le maintenant.

Et pourquoi est-il important d'être présent, me direz-vous ? Eh bien, la présence est l'essence même du massage tantrique, et en fait de toute pratique spirituelle ou de conscience. Lorsque nous sommes présents, nous sommes pleinement engagés dans l'expérience que nous vivons. Nous ne pensons pas à ce qui s'est passé hier ou à ce que nous devons faire demain. Nous sommes ici, dans le moment présent, et nous vivons pleinement chaque seconde de notre vie.

Et la magie de la présence, c'est que lorsque nous sommes pleinement présents, nous commençons à remarquer des choses qui passaient inaperçues auparavant. Nous découvrons la beauté dans des endroits inattendus. Nous ressentons de la gratitude pour les choses les plus simples. Nous réalisons que chaque instant est un cadeau précieux et éphémère qui ne se répétera jamais de la même manière.

Je vous invite donc à me rejoindre dans ce voyage pour redécouvrir vos cinq sens. Pour apprendre à voir, entendre, sentir, goûter et toucher avec une nouvelle conscience. Ouvrir les portes de la perception et vivre pleinement chaque instant. Je vous assure que c'est une aventure qui changera votre vie.

Laissez-moi maintenant vous emmener dans une forêt ancienne, pleine d'arbres majestueux et imposants, avec un grand tapis de feuilles crissant sous vos pieds. Imaginez que vous fermez les yeux et que vous vous donnez la permission d'être pleinement présent dans cet espace imaginaire. Pouvez-vous sentir l'air frais sur votre visage ? Pouvez-vous entendre le bruissement des feuilles sous vos pieds, le vent soufflant dans les branches des arbres, le chant d'un oiseau au loin ? Pouvez-vous sentir l'odeur de la terre humide et des feuilles en décomposition ?

Cette simple pratique de visualisation nous aide à comprendre à quel point nos sens peuvent être puissants lorsque nous prenons le temps de nous y consacrer. Vous avez remarqué que vous vous sentiez plus présent, plus vivant, plus connecté au monde qui vous entoure. Ce n'est qu'un aperçu de la transformation que vous pouvez vivre en redécouvrant vos cinq sens.

Mais vous n'êtes pas obligé de me croire sur parole. De nombreux autres experts dans le domaine de la conscience et de la spiritualité parlent de l'importance d'être présent et connecté à nos sens. Par exemple, dans son livre "Le pouvoir du présent" (1997), Eckhart Tolle souligne l'importance de vivre dans le moment présent et décrit comment nos sens sont la porte d'entrée de cette conscience.

Par ailleurs, Jon Kabat-Zinn, dans son livre "Living Crises Fully" (1990), présente la pratique de la "pleine conscience", qui est essentiellement une forme de méditation consistant à prêter pleinement attention à nos expériences dans le moment présent, et oui, vous l'avez deviné, cela inclut de prêter attention à nos sens.

Ces auteurs, et bien d'autres, ont consacré leur vie à étudier et à enseigner l'importance de vivre dans le moment présent et la façon dont nos sens sont un outil essentiel pour y parvenir. Mais, malgré tous les mots et toutes les études, la seule façon de vraiment comprendre le pouvoir de nos sens est d'en faire l'expérience par soi-même.

Je vous invite donc à faire une petite pause dans votre lecture. Fermez les yeux et inspirez profondément, en remplissant vos poumons d'air jusqu'à ce que vous ne puissiez plus respirer, puis expirez lentement. Répétez cette opération plusieurs fois, puis procédez à un examen rapide de vos sens. Qu'entendez-vous ? Que sentez-vous ? Que sentez-vous sur votre peau ? Avez-vous un goût dans la bouche ?

Vous serez peut-être surpris de voir tout ce que vous pouvez percevoir lorsque vous prenez le temps de vous mettre à l'écoute de vos sens. Et n'oubliez pas que ce n'est que le début. Au cours de ce chapitre, nous explorerons chacun de nos sens plus en profondeur et nous apprendrons comment les utiliser pour améliorer notre pratique du massage tantrique et pour vivre une vie plus épanouissante et plus consciente. Êtes-vous prêt à poursuivre ce voyage fascinant ?

Nous voici donc immergés dans la riche texture de nos sens, prêts à explorer chacun d'entre eux comme nous ne l'avons peut-être jamais fait auparavant. Considérez ceci comme une aventure, une expédition dans les frontières inexplorées de votre propre perception. Je vous assure que ce que vous découvrirez sera aussi surprenant qu'enrichissant.

Commençons par la vue. C'est peut-être le sens que nous utilisons le plus dans notre vie quotidienne. Nous observons le monde qui nous entoure, nous interprétons les couleurs, les formes, les mouvements, et à partir de ces éléments, nous créons notre compréhension de la réalité. Cependant, la vue peut aussi être un obstacle à la pleine présence, car nous avons l'habitude d'interpréter ce que nous voyons à travers nos filtres mentaux et émotionnels.

Pour illustrer cela, pensez à un coucher de soleil que vous avez vu récemment. Vous vous souvenez peut-être de la gamme de couleurs vibrantes qui ont coloré le ciel, des silhouettes des bâtiments ou des arbres sur le ciel enflammé. Imaginez maintenant que vous regardez ce même coucher de soleil, mais qu'au lieu de l'interpréter, vous le voyez simplement. Les couleurs, les formes, les ombres, tout est là, dans une danse constante d'ombres et de lumières... Voyez-vous la différence ?

Dans son livre "Looking : Everyday Life Through the Eyes of a Zen Buddhist" (2010), l'auteur David Brazier souligne l'importance de voir avec un "regard neuf" afin d'expérimenter la vie plus pleinement. Cette capacité à voir sans jugement, sans interprétation, peut avoir un impact profond sur notre pratique du massage tantrique. Imaginez que vous puissiez voir votre partenaire non pas comme un ensemble d'attentes et de jugements, mais comme un être unique et changeant à chaque instant. Comment cela pourrait-il changer la façon dont vous vous connectez avec lui ou elle ?

Passons maintenant au sens de l'ouïe. Pensez à votre chanson préférée, qui peut évoquer toute une série d'émotions et de souvenirs. La capacité d'entendre est une véritable bénédiction, et pourtant nous la tenons souvent pour acquise. Dans notre pratique du massage tantrique, nous pouvons utiliser l'écoute pour percevoir les sons subtils du corps de notre partenaire, les battements de son cœur, sa respiration, et même les petits clics et craquements de ses muscles et de ses articulations. Comme l'a souligné Alfred Tomatis dans "The Ear and the Voice" (2005), nos oreilles sont un puissant outil de connexion.

Poursuivons avec l'odorat. Souvent sous-estimé, il a la capacité d'évoquer les souvenirs les plus profonds et de provoquer des réactions émotionnelles fortes. L'odorat joue un rôle crucial dans l'intimité, comme le souligne Rachel Herz dans "The Scent of You" (2008), car il nous relie à un niveau primitif et viscéral. Dans notre pratique tantrique, l'utilisation de l'odorat pour se mettre au diapason de l'odeur naturelle de notre partenaire peut approfondir notre connexion et élever notre expérience à de nouveaux niveaux.

Parler des sens sans mentionner le toucher serait une grave omission, surtout lorsqu'il s'agit de massage tantrique. Avez-vous déjà remarqué comment votre peau réagit au toucher le plus doux ? Avez-vous senti ce courant électrique qui parcourt votre corps lorsque la personne que vous désirez vous touche pour la première fois ? Le toucher est le langage du corps, une forme de communication plus ancienne que les mots, et son pouvoir ne doit pas être sous-estimé. Diane Ackerman, dans son ouvrage "A Natural History of the Senses" (1990), explore la beauté et l'importance du toucher dans notre vie quotidienne et la manière dont il affecte notre perception du monde.

Enfin, nous avons le goût. Lorsque nous mangeons, nous faisons l'expérience d'une multitude de goûts : le sucré, l'amer, le salé, l'acide, l'umami. Mais le sens du goût va au-delà de la nourriture que nous mangeons. Dans un contexte tantrique, le goût peut être une forme intime de connexion avec notre partenaire. Le baiser, par exemple, peut être une expérience profondément sensuelle et connective, pleine de saveurs et de sensations.

Maintenant que nous avons exploré chacun de nos sens, j'aimerais vous inviter à faire une petite pause. Fermez les yeux un instant et concentrez votre attention sur vos sens : que voyez-vous, qu'entendez-vous, que sentez-vous, que touchez-vous, que goûtez-vous ? C'est la base de votre présence dans l'instant, la porte d'entrée vers la pleine conscience et la clé d'une pratique tantrique plus profonde et plus enrichissante.

N'oubliez pas que ce voyage à travers vos sens n'est pas une destination, c'est un voyage. Il n'y a pas de fin précise, il n'y a que l'exploration et la découverte. Chaque fois que vous faites appel à vos sens, vous ouvrez la porte à de nouvelles expériences et à de nouvelles perspectives.

Ce chapitre a été un voyage à travers vos sens, une occasion de redécouvrir les merveilles qui vous attendent au portail du présent. Comme toujours, je vous encourage à explorer, à expérimenter et à être curieux. Chacun de vos sens est un cadeau, un outil qui vous aide à vous connecter avec le monde qui vous entoure et avec votre partenaire de massage tantrique.

Saviez-vous que la respiration peut être un outil puissant pour canaliser l'énergie sexuelle, et que la pratique de techniques respiratoires spécifiques peut améliorer vos expériences tantriques ? Je vous assure que cette connaissance sera une ressource précieuse dans votre voyage tantrique, alors ne manquez pas l'occasion d'explorer cette facette essentielle de votre être.

Nous voici donc prêts à plonger plus profondément dans le monde fascinant du massage tantrique. Je suis impatient de vous rejoindre dans cette aventure, êtes-vous prêt pour le prochain chapitre, allons-y !

Chapitre 4 : Le souffle de vie : le pranayama et l'énergie sexuelle

Prenez un moment pour réaliser quelque chose d'étonnant. En ce moment même, vous respirez. Cela semble évident, n'est-ce pas ? Mais combien de fois par jour nous arrêtons-nous pour apprécier le miracle de notre respiration ? C'est cet acte simple, mais vital, d'inspirer et d'expirer qui nous maintient en vie, nous connectant au monde qui nous entoure et à nous-mêmes. Et si je vous disais que la respiration peut être un outil incroyablement puissant dans votre voyage tantrique ? Que ressentiriez-vous en sachant que chaque respiration que vous prenez peut être une porte vers une plus grande intimité, un plus grand plaisir et une plus grande connexion ?

La respiration est la clé qui permet de débloquer une partie essentielle de l'énergie sexuelle tantrique. Dans le tantra, cette énergie est appelée "Prana", un mot sanskrit qui signifie "force vitale". On pense que le prana circule dans tout ce qui existe dans l'univers et qu'il est présent en chacun de nous. Cette énergie peut être canalisée et dirigée par la pratique du Pranayama, une ancienne technique de respiration yogique qui se traduit par "contrôle du prana".

La pratique du Pranayama n'est pas seulement une façon de respirer ; c'est un chemin vers une plus grande conscience, un moyen de se connecter plus profondément à son corps et à son énergie sexuelle. Comme le dit Donna Farhi, professeur de yoga et auteur, dans son livre "The Breathing Book" (1996), "la respiration est le fil qui relie tous les aspects de notre vie, de notre capacité à travailler efficacement à notre capacité à nous souvenir, à ressentir, à penser et à créer".

Comment pouvez-vous commencer à expérimenter la respiration dans votre pratique tantrique ? Avant d'explorer des techniques respiratoires spécifiques, il est important de vous familiariser avec votre propre respiration. Prenez un moment pour vous concentrer sur votre respiration. Comment vous sentez-vous en ce moment ? Est-elle superficielle ou profonde ? Rapide ou lente ? Respirez-vous principalement par le nez ou par la bouche ?

Explorez votre respiration sans la juger. Observez-la simplement. En prenant conscience de votre respiration, vous faites déjà un pas important vers une plus grande connexion avec vous-même et votre énergie sexuelle. Rappelez-vous que chaque respiration est un acte de vie, un cycle constant de don et de réception qui reflète la danse de l'énergie sexuelle. Et ici, dans ce chapitre, je vous guiderai dans la manière dont vous pouvez commencer à danser avec votre respiration, à jouer avec elle, à la diriger et à libérer son potentiel pour un plaisir et une connexion plus profonds.

Alors maintenant, respirons ensemble et embarquons pour ce voyage d'exploration et de découverte du pouvoir de la respiration dans la pratique tantrique. Êtes-vous prêt à découvrir le potentiel caché dans chacune de vos inspirations et expirations ?

Qu'est-ce que le pranayama ? Le terme pranayama est dérivé du sanskrit "prana", qui signifie "énergie vitale" ou "force vitale", et "ayama", qui signifie "contrôle" ou "expansion". Le pranayama est donc littéralement l'expansion et le contrôle de l'énergie vitale par la respiration.

Dans son livre classique "Light on Pranayama" (1981), le célèbre yogi B.K.S. Iyengar décrit le pranayama comme "l'art de réguler la respiration". Il explique qu'en régulant notre respiration, nous pouvons réguler notre esprit et notre état émotionnel. De plus, en maîtrisant le pranayama, nous pouvons éveiller et canaliser notre énergie vitale, ou prana, à travers notre corps et notre vie. Ainsi, le pranayama est plus qu'une simple technique de respiration ; c'est un outil puissant de transformation personnelle et spirituelle.

La pratique du pranayama implique diverses techniques respiratoires, chacune ayant ses propres avantages et objectifs. Certaines techniques aident à calmer l'esprit, d'autres à dynamiser le corps et d'autres encore à équilibrer nos énergies internes. Ce qu'elles ont en commun, c'est qu'elles nous apprennent à respirer consciemment et délibérément. Vous rendez-vous compte à quel point cela peut être crucial dans notre exploration tantrique ?

Dans le tantra, le pranayama est utilisé pour aider à éveiller et à contrôler l'énergie sexuelle, et pour faciliter son mouvement à travers les chakras ou centres énergétiques du corps. Et oui, nous parlerons plus en profondeur des chakras dans un chapitre ultérieur. Mais pour l'instant, comprenez que grâce au pranayama, vous pouvez apprendre à guider cette puissante énergie, en l'amenant de la base de la colonne vertébrale, où elle est généralement endormie, jusqu'au chakra de la couronne, au sommet de votre tête.

Dans son livre "The Art of Sexual Ecstasy" (1989), Margot Anand, écrivain et professeur de tantra, explique comment le pranayama peut être utilisé pour augmenter et contrôler l'énergie sexuelle, ce qui peut conduire à des orgasmes plus intenses et plus durables et à un plus grand sentiment de connexion avec soi-même et avec les autres.

Pour ce voyage que nous entreprenons ensemble, je vous invite à explorer les techniques de pranayama que je vais vous présenter ci-dessous, qui peuvent changer votre perception du corps, de l'énergie et de la sexualité. Ces pratiques peuvent changer la façon dont vous vivez votre corps, votre énergie et votre sexualité. Êtes-vous prêt à respirer profondément et à plonger dans les profondeurs de votre énergie vitale ? Êtes-vous prêt à éveiller et à canaliser votre force vitale grâce à la pratique simple mais puissante de la respiration consciente ? Faisons-le ensemble. Respirez avec moi.

Laissons maintenant la théorie respirer un peu et passons à la pratique. Je vais vous montrer quelques techniques de pranayama que vous pouvez facilement intégrer à votre routine quotidienne. Mais d'abord, je veux que vous trouviez un endroit confortable où vous pouvez vous asseoir ou vous allonger sans distraction. Il peut s'agir de votre canapé, de votre lit, d'un tapis de yoga ou même d'un endroit à l'extérieur si le temps le permet. Une fois que vous avez trouvé votre place, prenez un moment pour vous détendre et vous concentrer sur votre corps. Sentez-vous un sentiment de calme vous envahir ? C'est un bon début. Vous en voulez plus ? C'est parti !

La première technique que j'aimerais partager avec vous est le Pranayama de respiration profonde. Il s'agit d'un exercice simple mais incroyablement efficace pour calmer l'esprit et accroître la conscience du corps.

Pour commencer, placez une main sur votre abdomen et l'autre sur votre poitrine. Fermez les yeux et commencez à inspirer profondément par le nez, en sentant votre abdomen se soulever. Imaginez que vous remplissez une bouteille d'eau de bas en haut. Au fur et à mesure que vous remplissez votre "bouteille" intérieure, votre poitrine se développe après votre abdomen. Faites une courte pause, puis expirez lentement en sentant votre poitrine et votre abdomen se dégonfler. Répétez ce cycle respiratoire pendant quelques minutes, en vous permettant de ressentir chaque inspiration et chaque expiration. Ressentez-vous que ce simple acte de respiration consciente vous apporte déjà un sentiment de calme et de connexion ?

Le deuxième exercice que je souhaite partager avec vous est le pranayama de respiration alternée des narines, également connu sous le nom de Nadi Shodhana. Cette technique est particulièrement utile pour équilibrer les énergies masculine et féminine en nous, un sujet que nous explorerons plus en détail au chapitre 8.

Pour faire Nadi Shodhana, commencez par fermer les yeux et respirez profondément. Ensuite, à l'aide du pouce de la main droite, fermez doucement la narine droite et inspirez par la narine gauche. À la fin de l'inspiration, fermez la narine gauche avec l'annulaire ou le majeur de la même main, relâchez le pouce et expirez par la narine droite. Puis inspirez par la narine droite, bouchez-la avec le pouce, relâchez l'annulaire ou le majeur et expirez par la narine gauche. Répétez ce cycle pendant quelques minutes.

Dans son livre "Tending the Heart Fire : Living in Flow with the Pulse of Life" (2014), l'écrivaine et yogini Shiva Rea explique comment Nadi Shodhana peut aider à "nettoyer et purifier les canaux énergétiques du corps, permettant à l'énergie de circuler librement". Sentez-vous que cette pratique vous apporte équilibre et sérénité ?

Chacun de ces exercices de pranayama peut être un outil puissant sur votre chemin tantrique, vous permettant de prendre le contrôle de votre énergie vitale et sexuelle. Je vous encourage à les explorer et à vous en rendre compte par vous-même. Voyez s'ils vous procurent un sentiment de connexion plus profonde avec votre énergie sexuelle et vitale. Rappelez-vous qu'il n'y a pas de bonne ou de mauvaise façon de procéder. Il s'agit d'explorer et de trouver ce qui fonctionne pour vous.

Vous vous demandez peut-être pourquoi ce lien avec notre respiration est si important et quel est le rapport avec le massage tantrique ? La réponse est à la fois très simple et très complexe. La respiration est le véhicule par lequel nous canalisons notre énergie vitale, notre énergie sexuelle. Lorsque nous apprenons à contrôler et à comprendre notre respiration, nous commençons à maîtriser beaucoup mieux notre énergie sexuelle. Et c'est précisément cette énergie que nous utilisons pendant le massage tantrique pour atteindre des états de conscience et de plaisir jamais expérimentés auparavant.

Dans son ouvrage " Les Sutras de la Radiance : 112 portes d'entrée vers le yoga de l'émerveillement et du ravissement " (2014), Lorin Roche nous apprend que " la respiration est le flux constant du divin en vous, le courant vivant de l'amour qui nourrit la vie ". Lorsque nous apprenons à respirer consciemment, nous devenons des navigateurs experts dans le courant de notre propre énergie vitale, ce qui nous permet de surfer sur les vagues de l'extase tantrique.

J'espère que cette exploration du pranayama vous a fourni un nouvel ensemble d'outils pour vous aider sur votre chemin tantrique. Je vous invite à continuer à pratiquer ces techniques et à voir comment elles influencent votre vie quotidienne et votre pratique du massage tantrique. Mais ne vous inquiétez pas si cela vous semble compliqué ou déconcertant au début. Comme pour toute nouvelle compétence, c'est en pratiquant que l'on devient parfait. Et n'oubliez pas que je suis toujours là pour vous aider.

Dans le prochain chapitre, nous ferons un pas de plus dans notre voyage de découverte de soi et nous plongerons dans le monde merveilleux des soins personnels et de la nutrition. Nous parlerons de la manière d'honorer notre corps comme le temple sacré qu'il est, en le nourrissant à la fois physiquement et spirituellement. Je vous montrerai comment la nourriture que vous mangez, les pensées que vous avez et la façon dont vous prenez soin de vous peuvent grandement affecter votre énergie sexuelle. Alors, respirez profondément, courageux explorateur de l'extase, et préparez-vous à plonger dans les eaux du tantra. Êtes-vous prêt pour le voyage ?

Chapitre 5 : Le corps en tant que temple : soins personnels et nutrition

Bienvenue à nouveau, courageux voyageur sur le chemin du tantra. Avez-vous pratiqué les techniques de pranayama que nous avons explorées dans le dernier chapitre ? Avez-vous remarqué un nouveau courant d'énergie circulant dans votre corps, un plus grand sentiment de connexion avec votre moi profond ? C'est un plaisir de vous revoir, plein de curiosité et prêt à poursuivre l'exploration.

Aujourd'hui, nous allons aborder un sujet crucial, qui est souvent ignoré dans notre société moderne trépidante. Il s'agit des soins personnels et de l'alimentation, et de la manière dont ils sont liés à notre énergie vitale et sexuelle. Sur cette voie tantrique, notre corps est notre temple, le véhicule sacré par lequel nous expérimentons et célébrons la vie. Et comme tout temple, il a besoin d'être soigné, vénéré et nourri afin de pouvoir fonctionner au maximum de ses capacités.

Avez-vous déjà réfléchi à l'extraordinaire beauté de votre corps ? Chaque cellule, chaque tissu, chaque organe travaille en parfaite harmonie pour nous maintenir en vie et fonctionner. La façon dont notre cœur bat, dont nos poumons respirent, dont notre cerveau traite les informations, est un miracle de la nature, un témoignage étonnant de la sagesse et de la beauté de l'univers.

Que faisons-nous donc pour honorer cet incroyable cadeau qui nous a été fait ? Prenons-nous soin de notre corps avec l'amour et l'attention qu'il mérite ? Le nourrissons-nous des nutriments dont il a besoin pour s'épanouir ? Ou le maltraitons-nous avec des aliments transformés, le manque de sommeil, le stress et le manque d'exercice ?

N'oubliez pas que la voie du tantra ne se résume pas à des techniques de respiration et à des massages érotiques. Il s'agit d'un mode de vie, d'un chemin d'acceptation totale et d'amour de soi. Et cela inclut d'apprendre à prendre soin de notre corps, à le nourrir et à l'aimer à tous les niveaux.

Le sage philosophe et poète persan Rumi l'a magnifiquement exprimé en disant : "Votre corps n'est pas à l'extérieur de vous, mais vous êtes à l'intérieur de votre corps". Ce concept est fondamental pour notre exploration d'aujourd'hui. Notre corps n'est pas quelque chose de séparé de nous, mais nous sommes notre corps. Chaque pensée que nous avons, chaque émotion que nous ressentons, chaque aliment que nous mangeons, a un impact direct sur notre corps et donc sur notre énergie vitale et sexuelle.

Je vous invite donc à commencer à regarder votre corps d'un œil nouveau. Voyez comment il se sent, comment il bouge, comment il réagit à différents stimuli. Quel type d'alimentation le fait se sentir bien ? Quel type d'exercice aime-t-il ? De quel type de repos a-t-il besoin ? De quel type de soins a-t-il besoin ?

Vous vous demandez peut-être comment commencer à prendre soin de votre corps d'une manière plus consciente et plus aimante. La réponse est simple, mais pas nécessairement facile. Il faut du temps, de la patience et de l'engagement. Il faut avoir envie de changer, de vivre de manière plus saine et plus équilibrée. Il faut aussi avoir la volonté d'écouter son corps et d'honorer ses besoins.

Heureusement, vous n'êtes pas seul dans cette aventure. Il existe une grande quantité de connaissances et de sagesse pour vous aider dans votre démarche. Il y a des médecins et des nutritionnistes, des entraîneurs de fitness et des massothérapeutes, des yogis et des professeurs de méditation, qui ont tous quelque chose de précieux à offrir. Et, bien sûr, vous possédez le trésor le plus précieux qui soit, votre propre corps, votre propre personne, qui regorge de sagesse et de connaissances.

Par exemple, le célèbre médecin et auteur Deepak Chopra, dans son livre "Quantum Healing" (1989), parle de l'incroyable capacité de notre corps à se guérir lui-même et de la façon dont nous pouvons soutenir ce processus par une alimentation appropriée, un exercice physique régulier, un repos suffisant et une réduction du stress. N'est-il pas merveilleux de savoir que nous avons autant de pouvoir sur notre propre santé et notre propre bien-être ?

Avez-vous entendu parler du concept d'"alimentation vivante" ? Les aliments vivants sont des aliments remplis d'énergie vitale, de prana. Ce sont des aliments qui sont aussi proches que possible de leur état naturel, non transformés et non altérés. Les fruits et légumes frais, les céréales et les légumineuses, les noix et les graines, les algues, les herbes et les épices sont autant d'exemples d'aliments vivants.

Selon la philosophie tantrique, en mangeant ces aliments, nous ne nourrissons pas seulement notre corps physique, mais aussi notre énergie vitale et sexuelle. Chaque bouchée que nous prenons est une occasion d'augmenter notre prana, notre énergie vitale.

Dans son livre "Diet for a New America" (1987), l'activiste et auteur John Robbins parle abondamment des avantages d'un régime à base de plantes, tant pour notre santé que pour l'environnement. Mieux encore, ces aliments ne sont pas seulement bons pour nous, ils sont aussi délicieux.

Et c'est là qu'intervient la prise en charge de soi. Prendre soin de soi, ce n'est pas seulement bien manger et faire de l'exercice, c'est aussi profiter de la vie, honorer ses besoins et ses désirs, se traiter avec amour et gentillesse.

Vous aimez les plats épicés ? Savourez un délicieux curry plein d'épices. Vous aimez le chocolat ? Laissez-vous tenter par un morceau de chocolat noir riche en cacao. Vous avez besoin d'un jour de repos ? Autorisez-vous à vous détendre et à faire ce qui vous fait du bien.

C'est là le véritable sens de l'autosoin. Il ne s'agit pas de suivre un régime strict ou de faire de l'exercice. Il s'agit d'être à l'écoute de son corps, d'honorer ses besoins et ses désirs, de se traiter avec amour et gentillesse.

Et, bien sûr, prendre soin de soi, c'est aussi prendre soin de son énergie sexuelle. Grâce aux pratiques tantriques que nous avons explorées, nous pouvons apprendre à prendre soin de notre énergie sexuelle, à la cultiver et à la nourrir. Grâce à la respiration consciente, au massage érotique et à la méditation, nous pouvons apprendre à honorer notre sexualité, à la célébrer et à la vivre pleinement.

Prenons un exemple concret et tangible pour mieux illustrer la façon dont les soins personnels et la nutrition affectent notre corps et, en fin de compte, notre énergie sexuelle.

Imaginez que vous ayez une voiture haut de gamme, un véhicule élégant et puissant. Vous ne feriez pas le plein avec du carburant de mauvaise qualité, n'est-ce pas ? Vous comprendriez que pour maintenir ses performances et sa longévité, vous devez lui fournir le meilleur carburant, l'entretenir régulièrement et la traiter avec soin et respect.

Votre corps est infiniment plus sophistiqué et précieux qu'une voiture de luxe. Ne mérite-t-il donc pas au moins le même niveau de soin et d'attention ?

Vous êtes-vous déjà demandé ce que vous ressentiriez si votre régime alimentaire se composait essentiellement d'aliments pleins de vie et d'énergie, plutôt que d'aliments transformés et artificiels ?

Dans son livre "Conscious Eating" (2000), le Dr Gabriel Cousens souligne l'importance d'une alimentation crue et consciente. Selon lui, les aliments crus et biologiques fournissent non seulement les nutriments nécessaires à notre corps, mais contribuent également à maintenir et à améliorer notre niveau d'énergie et notre vitalité. La raison en est que ces aliments sont pleins de prana, l'énergie vitale qui imprègne tout l'univers et qui est à la base de notre existence.

Qu'est-ce que cela signifie pour vous en tant que praticien du tantra ? Cela signifie que vous pouvez utiliser la nourriture comme un outil pour augmenter votre énergie sexuelle. En nourrissant votre corps avec des aliments vivants, vous nourrissez également votre force vitale et sexuelle, vous nourrissez votre feu intérieur.

Alors pourquoi ne pas essayer d'intégrer davantage d'aliments vivants dans votre régime alimentaire ? Fruits et légumes frais, noix et graines, légumes secs et céréales complètes : tous ces aliments sont pleins de vie et d'énergie. Et surtout, ils sont pleins de saveur. Après tout, le goût est un élément essentiel de l'expérience humaine, et c'est quelque chose qui est célébré dans le tantra.

Mais n'oubliez pas que les soins personnels ne se limitent pas à l'alimentation. Il s'agit également de prendre soin de son esprit et de sa tête. Il s'agit de prendre du temps pour soi, pour se détendre et se ressourcer. Il s'agit de suivre ses passions et de faire ce que l'on aime. Il s'agit de s'entourer de personnes qui vous soutiennent et vous encouragent.

Par exemple, avez-vous déjà essayé le yoga ou la méditation ? Ces deux pratiques peuvent être extrêmement bénéfiques pour votre santé et votre bien-être. Le yoga améliore non seulement votre souplesse et votre force, mais vous aide également à vous connecter à votre corps et à l'énergie sexuelle de manière plus profonde. La méditation, quant à elle, peut vous aider à calmer votre esprit, à réduire le stress et à accroître votre conscience de vous-même et du monde qui vous entoure.

Dans son livre "Light on Yoga" (1966), le célèbre maître de yoga B.K.S. Iyengar explique comment le yoga peut contribuer à équilibrer et à harmoniser le corps et l'esprit, créant ainsi un sentiment de paix et d'harmonie intérieures. Grâce au yoga et à la méditation, nous pouvons apprendre à écouter notre corps, à honorer ses besoins et à le soigner comme il le mérite.

Bien entendu, toutes les formes d'autosoins ne doivent pas être aussi structurées ou formelles. Quelque chose d'aussi simple que prendre un bain relaxant, lire un livre que vous aimez ou passer du temps dans la nature peut également avoir un effet profond sur votre bien-être et votre énergie sexuelle.

Dans son livre "Women's Bodies, Women's Wisdom" (1994), le docteur Christiane Northrup parle de l'importance des rituels de soins personnels dans notre vie quotidienne. Selon elle, lorsque nous prenons le temps de nous occuper de nous-mêmes, nous améliorons non seulement notre santé et notre bien-être, mais nous nous connectons aussi plus profondément à notre essence et à notre énergie sexuelle.

Parce qu'en fin de compte, prendre soin de soi n'est pas un luxe, c'est une nécessité. C'est une partie essentielle de notre santé et de notre bien-être, et une partie intégrante de notre pratique tantrique.

Nous avons voyagé ensemble sur les terres du soin de soi et de l'alimentation, découvrant comment notre corps, ce temple sacré, est nourri et soigné afin d'abriter l'énergie tantrique qui aspire à s'éveiller. Nous avons parlé, nous avons réfléchi et j'espère que vous avez appris vous aussi. Mais notre voyage ne fait que commencer.

Imaginez un instant que nous puissions libérer une source d'énergie inépuisable en nous. Que se passerait-il si nous pouvions déverrouiller une source inépuisable d'énergie en nous ? Que se passerait-il si cette énergie pouvait nous élever à des niveaux de conscience et d'extase jamais expérimentés auparavant ? C'est exactement ce que nous allons explorer dans notre prochain chapitre.

Dans le chapitre 6, "L'éveil de la kundalini : énergie sexuelle et spiritualité", nous plongerons dans les mystères de l'énergie kundalini, une force vitale puissante et transformatrice qui réside en chacun de nous. Nous apprendrons à l'éveiller et à la canaliser pour améliorer notre vie sexuelle et spirituelle.

Je suis enthousiaste à l'idée de poursuivre ce voyage avec vous. De devenir des compagnons de voyage sur ce chemin de l'extase. Alors, êtes-vous prêt à continuer, êtes-vous prêt à découvrir les secrets que votre corps attend de vous révéler ? Si oui, respirez profondément, ouvrez votre cœur et rejoignez-moi pour le prochain chapitre de cette extraordinaire aventure tantrique.

D'ici là, n'oubliez jamais que votre corps est un temple et qu'il mérite d'être soigné et honoré comme tel. Car, après tout, le chemin de l'extase commence par l'amour et le soin que l'on se porte à soi-même.

Chapitre 6 : L'éveil de la Kundalini : énergie sexuelle et spiritualité

Au fur et à mesure que nous avançons dans notre voyage, je vous invite à vous préparer à découvrir une nouvelle dimension, un nouveau niveau de conscience et d'extase. Mais qu'est-ce qui nous attend exactement, quel est ce pouvoir caché en nous qui attend d'être réveillé ?

La réponse, cher lecteur, est la Kundalini, l'énergie sacrée qui se trouve au cœur de notre être et qui attend d'être éveillée pour libérer tout notre potentiel, notre énergie sexuelle et spirituelle. Pourquoi cette énergie est-elle si importante ? Que peut-elle faire pour vous, pour votre vie, pour votre bien-être, pour votre croissance spirituelle ?

Imaginez qu'il y a en vous un fleuve puissant, un torrent d'énergie latente qui a la capacité de vous transformer, d'élever votre conscience, d'intensifier votre plaisir. Cette rivière, c'est la Kundalini, l'énergie vitale et sexuelle qui descend le long de votre colonne vertébrale, de la base à la couronne. Et lorsqu'elle est éveillée, lorsque cette rivière est libérée, vous faites l'expérience de la vie, de la sexualité et de la spiritualité d'une manière totalement nouvelle et révolutionnaire.

Selon les anciennes traditions yogiques, la Kundalini est l'énergie cosmique universelle qui sommeille à la base de la colonne vertébrale, symbolisée par un serpent enroulé. Lorsqu'elle est éveillée, cette énergie monte à travers les chakras, les illuminant et unissant notre être physique au divin.

La question est donc de savoir comment réveiller cette énergie, comment libérer ce pouvoir intérieur et nous connecter à notre essence la plus profonde, à notre divinité inhérente.

C'est là que le massage tantrique entre en jeu. Grâce aux pratiques tantriques, nous pouvons apprendre à débloquer et à éveiller la Kundalini, libérant ainsi notre potentiel spirituel et sexuel.

Vous souvenez-vous du chapitre 4 sur le Pranayama, la respiration et l'énergie sexuelle ? À l'époque, nous avons à peine effleuré la surface de ce que cette puissante énergie peut faire. Il est maintenant temps d'aller plus loin, de plonger dans le mystère et la puissance de la Kundalini.

À ce stade de notre voyage, je vous invite à faire preuve d'ouverture d'esprit, de bonne volonté et de curiosité. Peu importe que certains concepts vous paraissent un peu abstraits ou difficiles à comprendre au début. N'oubliez pas que nous explorons un territoire nouveau et inconnu. Il est normal de se sentir un peu perdu ou dépassé. Mais ne vous inquiétez pas, je suis là, avec vous, pour vous guider pas à pas sur le chemin de l'extase.

Et maintenant, êtes-vous prêt à éveiller votre Kundalini, à libérer votre énergie sexuelle et spirituelle, êtes-vous prêt à transformer votre vie et votre être d'une manière que vous n'auriez jamais imaginée ? Si c'est le cas, respirons profondément, détendons-nous et entrons dans le mystère de la Kundalini.

Le concept de la Kundalini et de son éveil figure en bonne place dans la littérature de nombreuses traditions spirituelles à travers le monde, mais ce sont les textes védiques de l'Inde ancienne qui nous donnent l'aperçu le plus complet et le plus détaillé de ce phénomène. Dans ces textes, la Kundalini est souvent décrite comme un puissant serpent endormi, enroulé à la base de la colonne vertébrale. Ne trouvez-vous pas fascinante cette métaphore ancienne qui nous parle d'un pouvoir immense qui sommeille en nous et qui attend le moment de s'éveiller ?

Vous vous demandez probablement ce que tout cela a à voir avec la spiritualité et la sexualité. Le philosophe et psychologue Carl Jung, dans son ouvrage "The Psychological Aspects of Kundalini Yoga" (1932), fournit un cadre utile pour comprendre ce lien. Selon Jung, la Kundalini n'est pas seulement une source d'énergie vitale, mais aussi une représentation symbolique du développement psychologique et spirituel de l'individu. N'est-ce pas là une vision extraordinaire ?

L'éveil de la Kundalini peut donc non seulement redonner de la vigueur sexuelle et un plus grand sentiment de vitalité, mais aussi nous ouvrir à une nouvelle dimension d'expérience spirituelle. En remontant le long de la colonne vertébrale et en activant chacun des chakras, l'énergie de la Kundalini peut procurer un sentiment d'unité avec l'univers, un sentiment d'être en harmonie avec le flux de la vie. Pouvez-vous imaginer ce que ce serait de ressentir quelque chose comme cela ?

Cependant, ce processus n'est pas toujours facile. L'éveil de la Kundalini peut être un voyage difficile, plein de hauts et de bas. Comme nous en avertit Gopi Krishna, célèbre yogi et mystique qui a décrit sa propre expérience de l'éveil de la Kundalini dans "Kundalini : The Evolutionary Energy in Man" (1967), le chemin peut être difficile et nécessite une préparation minutieuse et un accompagnement adéquat.

Mais le massage tantrique, qui met l'accent sur la connexion consciente, la respiration et le toucher, peut être un outil très efficace pour faciliter ce processus. Grâce au massage tantrique, vous pouvez apprendre à canaliser votre énergie sexuelle, à libérer les blocages et à éveiller et diriger l'énergie Kundalini. N'est-ce pas merveilleux d'avoir à votre disposition un outil aussi puissant pour votre développement personnel et spirituel ?

Permettez-moi de vous accompagner un peu plus loin dans ce voyage, et ensemble nous explorerons les techniques et les pratiques qui peuvent vous aider à éveiller votre Kundalini. N'oubliez pas qu'il ne s'agit pas d'une course, mais d'un voyage de découverte et de transformation. Alors, êtes-vous prêt à continuer ?

Je suis ravie que vous soyez ici, prêt à approfondir ce chemin fascinant. Je suis ravi que vous soyez ici, prêt à plonger encore plus profondément dans cette voie intrigante. Pouvez-vous imaginer l'énergie de la Kundalini comme un serpent qui se déroule, s'élevant avec force du plus profond de vous, activant chacun de vos centres d'énergie sur son chemin, jusqu'à ce qu'elle atteigne finalement le sommet de votre tête, et soudain, tout devient clair, la conscience s'élargit et l'unité avec l'univers se fait présente ? C'est une idée puissante, vous ne trouvez pas ?

Nous devons comprendre que l'éveil de la Kundalini est un processus qui demande de l'attention et du soin. Ce n'est pas quelque chose qu'il faut forcer ou précipiter. C'est là que le massage tantrique entre en jeu. Grâce aux pratiques et aux techniques du massage tantrique, il est possible d'apprendre à canaliser l'énergie sexuelle, à libérer les blocages et à cultiver un état de présence qui peut faciliter l'éveil de la Kundalini.

Prenons un exemple concret. Imaginez que vous participez à une séance de massage tantrique. Vous êtes allongé dans un environnement calme et accueillant, votre corps et votre esprit sont complètement détendus, et la personne qui vous masse exerce une légère pression en différents points de votre colonne vertébrale, en suivant le chemin de l'énergie Kundalini. À chaque pression, vous pouvez sentir la tension se relâcher, l'énergie commencer à se déplacer et à circuler plus librement. C'est comme si votre corps se débarrassait d'anciens blocages et restrictions, se préparant ainsi à l'éveil de la Kundalini.

Pouvez-vous le visualiser, pouvez-vous ressentir ce sentiment de libération et de fluidité ? C'est le pouvoir du massage tantrique. Et bien qu'il ne s'agisse que d'un exemple, la pratique réelle peut varier considérablement en fonction des besoins individuels et des conseils d'un praticien qualifié.

Lizelle Le Roux, dans son livre "Kundalini Tantra Yoga : Journey within through the Chakras" (2019), offre un aperçu approfondi des pratiques qui peuvent aider à éveiller la Kundalini. Selon Le Roux, un éveil de la Kundalini sûr et efficace nécessite une préparation holistique qui englobe à la fois le corps et l'esprit.

Comment se préparer à cet éveil ? L'un des moyens est la pratique régulière du massage tantrique, comme je l'ai mentionné plus haut. Mais il existe d'autres outils qui peuvent compléter et améliorer ce processus, comme la méditation, la respiration consciente, une alimentation saine, l'exercice physique et l'exploration de vos propres blocages émotionnels et schémas de pensée.

Ne vous inquiétez pas si tout cela vous semble un peu écrasant. L'important est que vous soyez sur la bonne voie. Vous êtes ici, désireux d'apprendre et de grandir, et c'est une chose merveilleuse. Allons de l'avant et, ensemble, nous explorerons encore davantage ce fascinant voyage vers l'éveil de la Kundalini. Êtes-vous prêt(e) ?

Il ne fait aucun doute que ce voyage que nous partageons est incroyablement fascinant. Comme vous l'avez peut-être remarqué, l'éveil de la Kundalini n'est pas seulement une question d'énergie et de physiologie. C'est une danse délicate et sublime, une interaction entre l'esprit, le corps et l'âme. Il ne s'agit pas simplement d'éveiller une énergie latente en vous, mais d'embrasser un nouveau niveau de conscience et de connexion avec tout ce qui vous entoure.

Le massage tantrique, comme nous l'avons découvert, est un outil puissant dans ce processus. Grâce à ses techniques et à l'accent mis sur la présence et la connexion, il nous permet de libérer les blocages et les résistances, d'encourager la circulation de l'énergie et de nous ouvrir à la possibilité de vivre l'extase de l'éveil de la Kundalini.

Permettez-moi de vous donner un autre exemple pour consolider cette idée. Supposons que vous soyez au milieu d'une danse, en train de bouger au rythme de la musique. Mais vous n'êtes pas seul. Votre partenaire de danse est votre propre énergie Kundalini, et chaque pas, chaque tour, chaque mouvement est une expression de cette énergie. Parfois, la danse est calme et douce. À d'autres moments, elle est passionnée et frénétique. Mais toujours, toujours, c'est une danse d'union, d'intégration, d'unité avec la musique, avec l'énergie, avec tout ce qui existe.

Une référence notable est l'ouvrage de Gopi Krishna intitulé "Kundalini : The Evolutionary Energy in Man" (1967), dans lequel il raconte sa propre expérience de l'éveil de la Kundalini et fournit des informations précieuses sur ce phénomène. Krishna nous rappelle que l'éveil de la Kundalini, bien qu'il puisse être difficile et parfois déconcertant, est en fin de compte un cadeau, une occasion d'élargir notre conscience et de faire l'expérience de la vie d'une manière plus profonde et plus significative.

Nous voici donc à la fin de ce chapitre, prêts à poursuivre notre voyage. Pouvez-vous ressentir l'excitation, l'anticipation ? Mais pouvez-vous aussi ressentir le calme, la paix que procure la certitude d'être sur la bonne voie ? J'espère que oui, car dans le prochain chapitre, nous allons approfondir un aspect très important de ce voyage : l'art de l'abandon. Nous apprendrons comment surmonter les blocages et les résistances et comment nous ouvrir complètement à l'expérience du massage tantrique et de l'éveil de la Kundalini.

Je suis heureux de partager cela avec vous. Car n'oubliez pas que vous n'êtes pas seul dans ce voyage. Je suis ici avec vous, un pas à la fois, une respiration à la fois. Et ensemble, nous découvrirons, nous apprendrons, nous grandirons. Êtes-vous prêt pour la prochaine étape ? Je vous assure que ce sera un voyage que vous n'oublierez jamais.

Chapitre 7 : L'art de l'abandon : surmonter les blocages et les résistances

Le chemin de l'extase et de l'illumination tantrique serpente par monts et par vaux, à travers les forêts sombres et les prairies ensoleillées. Mais que se passe-t-il lorsque vous rencontrez un obstacle sur votre chemin, un mur haut et imposant qui semble infranchissable ? Abandonnez-vous ? Faites demi-tour et cherchez un autre chemin ? Ou trouvez-vous la force et le courage de surmonter cet obstacle et de poursuivre votre chemin ?

C'est une question importante à laquelle nous sommes tous confrontés à un moment ou à un autre de notre vie. Et dans le contexte du massage tantrique et de l'éveil de la Kundalini, c'est une question qui prend une signification encore plus profonde. Dans ce chapitre, nous allons explorer l'art de l'abandon, la capacité à surmonter les blocages et les résistances, physiques, émotionnelles et spirituelles. Vous comprendrez pourquoi il s'agit d'une compétence essentielle pour tout chercheur de tantra et comment vous pouvez la cultiver dans votre propre vie.

Pourquoi la distribution est-elle si importante et pourquoi peut-elle être si difficile à réaliser ?

L'abandon est important parce qu'il nous permet de relâcher les tensions, les peurs et les inquiétudes qui peuvent entraver le flux de l'énergie Kundalini. C'est la clé qui ouvre la porte à une intimité plus profonde, à une connexion plus vraie et à un éveil plus complet. Mais en même temps, l'abandon peut être un défi parce qu'il nous demande souvent d'affronter et de relâcher des schémas et des croyances enracinés, de lâcher notre contrôle et de faire confiance au processus.

Comme l'a mentionné le célèbre psychologue Carl Jung dans "Les archétypes et l'inconscient collectif" (1959), "Ce que vous niez vous soumet. Ce que vous acceptez vous transforme". Cette citation reflète parfaitement le pouvoir de l'abandon. En affrontant et en acceptant nos résistances, nous avons la possibilité de les transformer et de libérer l'énergie qu'elles contiennent.

D'un autre côté, vous êtes-vous déjà demandé pourquoi nous avons des résistances et des blocages ? Les résistances peuvent survenir pour diverses raisons, depuis les traumatismes physiques ou émotionnels jusqu'au conditionnement culturel et social. Par exemple, beaucoup d'entre nous ont appris à réprimer leur sexualité, à la considérer comme honteuse ou impure. Cette croyance peut entraîner un blocage du deuxième chakra, le chakra sacré, qui est le centre de notre sexualité et de notre créativité.

Vous souvenez-vous que dans le chapitre 5, nous avons parlé des soins personnels et de l'éducation ? Ces soins et cette prise de conscience peuvent aider à guérir et à libérer ces résistances, ce qui permet une circulation plus libre et plus saine de l'énergie.

La bonne nouvelle est que, malgré ces défis, l'engagement est une compétence qui s'apprend et se cultive. Comme un muscle, l'abandon se renforce avec la pratique. En devenant plus à l'aise et plus confiant dans l'abandon, vous découvrirez qu'il est plus facile de surmonter les blocages et les résistances et de vous ouvrir à la plénitude de l'expérience tantrique.

Apprendre à lâcher prise, à se rendre et à accepter n'est pas seulement une compétence, c'est un art. Avez-vous déjà observé la façon dont une rivière s'écoule dans un paysage ? Elle n'essaie pas d'escalader les montagnes ou de couper à travers les rochers, elle les contourne simplement, elle suit son chemin. Telle est l'essence de l'abandon : suivre le cours de la vie avec confiance, même lorsque le chemin semble difficile ou incertain.

Dans le domaine du massage tantrique, s'abandonner signifie se permettre de sentir et d'expérimenter pleinement chaque toucher, chaque sensation. Cela signifie s'ouvrir à son partenaire et à soi-même, faire confiance au processus et permettre à l'énergie de circuler librement.

L'écrivain et professeur de spiritualité Marianne Williamson l'a magnifiquement exprimé dans son livre "A Return to Love" (1992) : "Lorsque nous nous abandonnons à Dieu, nous nous abandonnons à quelque chose de plus grand que nous-mêmes, à une force d'amour qui est plus grande que notre personnalité. Lorsque nous nous abandonnons à Dieu, nous devenons davantage ce que nous sommes". Et, pourrions-nous ajouter, plus que ce que nous pensions pouvoir être.

Comment pouvons-nous pratiquer l'art de l'abandon ? Comment pouvons-nous apprendre à nous libérer de nos blocages et de nos résistances ?

L'une des clés de l'abandon est la prise de conscience. Il s'agit d'être présent à chaque instant, d'observer nos réactions et nos émotions sans jugement. Vous souvenez-vous du chapitre 3 où nous avons parlé de la redécouverte de nos cinq sens ? Cette approche attentive peut également s'appliquer ici. En prêtant attention à nos résistances, nous pouvons commencer à les comprendre, à comprendre ce qui nous bloque.

Il est important de se rappeler que la capitulation ne signifie pas être passif ou abandonner ses limites. Bien au contraire. Il s'agit d'avoir le courage d'affronter nos peurs et nos blocages, et la force de les libérer. Comme l'a si bien dit le poète et philosophe Rumi dans son ouvrage "L'essentiel de Rumi" (1273) : "Dès l'instant où vous acceptez ce qui vous gêne, la liberté commence".

La pratique de la méditation et de la respiration attentive est une autre stratégie efficace de renoncement. En concentrant notre attention sur la respiration, nous pouvons calmer notre esprit, relâcher les tensions et nous ouvrir à l'expérience du moment présent.

En bref, l'abandon est un processus qui implique l'acceptation, le courage et la prise de conscience. En pratiquant ces compétences, nous pouvons apprendre à surmonter nos blocages et nos résistances, ce qui permet à l'énergie de circuler librement et d'expérimenter la vie dans sa plénitude. Alors, êtes-vous prêt à vous embarquer dans ce voyage passionnant de découverte de soi et de transformation ?

Nous avons parlé de l'importance fondamentale de l'abandon dans le massage tantrique et de la façon dont vous pouvez commencer à le pratiquer. Il est maintenant temps d'examiner en détail comment vous pouvez surmonter vos blocages et vos résistances.

Imaginez un instant que vous vous trouvez devant un mur énorme et impénétrable. Ce mur représente vos peurs, vos insécurités, les résistances qui vous ont empêché de vous donner pleinement dans votre vie. Ce mur représente vos peurs, vos insécurités, les résistances qui vous ont empêché de vous donner pleinement dans votre vie. Comment vous sentez-vous lorsque vous voyez ce mur ? Menacé ? Honteux ? Frustré ? Rappelez-vous qu'il est normal de ressentir tout cela. Mais maintenant, je veux que vous fassiez quelque chose de différent. Au lieu d'essayer d'abattre ce mur, vous allez ouvrir une porte.

Comme le dit Carl Jung, le célèbre psychologue et psychiatre suisse, dans "L'homme et ses symboles" (1964), "ce que vous niez vous soumet, ce que vous acceptez vous transforme". Ainsi, en ouvrant la porte à votre propre résistance, au lieu d'essayer de la combattre, vous pouvez commencer à travailler avec elle et à la transformer.

Et comment y parvenir ? L'un des moyens est d'explorer consciemment vos résistances. Lorsque vous vous trouvez aux prises avec certaines sensations ou émotions pendant une séance de massage tantrique, faites une pause et respirez. Essayez d'observer ce qui se passe en vous sans vous juger. Y a-t-il une peur spécifique qui fait surface ? Un vieux souvenir qui cause de la douleur ? Une croyance limitative qui vous empêche de progresser ?

Un autre moyen consiste à communiquer ouvertement et honnêtement avec votre partenaire. Exprimez vos craintes et vos préoccupations. Parlez de vos limites et de vos attentes. Votre partenaire ne peut pas lire dans vos pensées, et la seule façon de surmonter votre résistance est d'y faire face ensemble.

Enfin, n'oubliez pas de faire preuve de patience et de bienveillance à votre égard. Surmonter les blocages et les résistances ne se fait pas du jour au lendemain. Il faut du temps, des efforts et, surtout, une attitude de compassion envers soi-même. Comme l'a dit Thich Nhat Hanh, le célèbre maître zen, dans "Being Peace" (1987) : "La compassion pour soi-même est la base de la compassion pour les autres". Soyez donc bienveillant envers vous-même. Vous êtes un être humain, et il est normal d'avoir peur et de ressentir de la résistance. Ce qui compte, c'est que vous êtes là, que vous essayez et que vous êtes prêt à grandir.

Alors, êtes-vous prêt à ouvrir cette porte et à commencer à transformer vos résistances en croissance et en connaissance de soi ? N'oubliez pas que le voyage peut être difficile, mais je vous promets qu'il en vaut la peine. Après tout, comme le dit le proverbe tantrique, "le lotus fleurit dans la boue". Et vous, cher lecteur, vous êtes sur le chemin de l'épanouissement de votre lotus intérieur.

Ainsi, vous êtes arrivé à la fin de ce chapitre profond et important. Au cours de ce voyage dans l'art de l'abandon, vous avez exploré les concepts de blocages et de résistances, vous avez affronté vos peurs et ouvert la porte pour les surmonter. Grâce à ce travail de connaissance et d'exploration de soi, vous devenez le maître de votre propre être, capable de faire face à toutes les difficultés que la vie vous réserve.

Permettez-moi de vous rappeler que la reddition est un art, un acte de courage. Il exige la confiance en soi et en l'autre.

C'est un voyage constant d'introspection, d'acceptation de soi et de soin de soi. Le véritable abandon n'est pas un renoncement, c'est une pleine participation, c'est être pleinement présent à chaque instant, à chaque sensation, à chaque émotion. Comme l'a dit le poète et philosophe Ralph Waldo Emerson dans "Self-Reliance" (1841) : "Faites-vous confiance : chaque cœur vibre avec cette corde de fer".

Il y aura peut-être des jours où vous vous sentirez dépassé par vos blocages et vos résistances, mais je veux que vous vous souveniez d'une chose : chaque pas que vous faites, aussi petit soit-il, est un pas vers la libération. N'abandonnez pas. Ne vous découragez pas. Vous êtes sur le bon chemin. Et je vous promets qu'une fois que vous aurez surmonté votre résistance et que vous vous abandonnerez à la merveille du massage tantrique, vous éprouverez un sentiment de liberté et d'autonomisation comme jamais auparavant.

Je suis enthousiaste pour vous, cher lecteur, je suis enthousiaste pour les découvertes que vous allez faire, pour les transformations que vous allez vivre. Je suis excité par les découvertes que vous allez faire, par les transformations que vous allez vivre. Et vous savez quoi ? Ce n'est que le début.

Dans le prochain chapitre, nous explorerons l'interaction intrigante de la polarité et la danse fascinante entre le masculin et le féminin, et nous découvrirons comment ces deux aspects, souvent considérés comme opposés, peuvent s'unir pour créer une synergie magnifique et magique. Vous découvrirez comment ces deux aspects, souvent considérés comme opposés, peuvent s'unir pour créer une synergie magnifique et magique. Prêt à découvrir comment la polarité peut intensifier votre expérience tantrique et l'élever à de nouveaux niveaux d'extase et de compréhension ? Je vous assure que vous ne voudrez pas manquer ce qui va suivre.

Alors, prenez ma main, faisons un pas de plus dans ce fascinant voyage au cœur du massage tantrique. Avec chaque mot que vous lisez, vous ouvrez votre monde à de nouvelles possibilités, vous vous rapprochez de plus en plus de votre vrai moi. Ne regardez pas en arrière, le meilleur reste à venir, à bientôt dans le prochain chapitre !

Chapitre 8 : Le jeu de la polarité : explorer le masculin et le féminin

Depuis l'aube de l'humanité, la dualité du masculin et du féminin a été un élément fondamental de notre existence, formant la base de notre compréhension du monde. Et si je vous disais que cette compréhension pourrait être la clé pour ouvrir la porte à une expérience tantrique plus riche et plus profonde ?

Nous sommes constamment entourés par les forces du masculin et du féminin, à la fois dans le monde extérieur et en nous-mêmes. Il ne s'agit pas simplement de références aux sexes biologiques, mais d'énergies, de principes, présents dans toutes les choses, dans toutes les personnes, quel que soit leur sexe, et chacun d'entre nous porte en lui un mélange unique de ces énergies. Chacun de nous porte en lui un mélange unique de ces énergies. Vous êtes-vous déjà demandé comment ces forces s'équilibrent en vous ? Que se passerait-il si vous décidiez de les explorer, de les embrasser, de les intégrer ?

Le taoïsme, ancienne philosophie et système spirituel chinois, décrit ces deux forces comme le Yin et le Yang, illustrés par le célèbre cercle divisé en noir et blanc. Selon le philosophe chinois Lao Tseu dans le "Tao Te Ching" (VIe siècle av. J.-C.), "Tout a du Yin et possède du Yang". Le Yin, associé au féminin, représente l'obscurité, la réceptivité, l'intuition. Le Yang, associé au masculin, représente la lumière, l'actif, le logique.

Le yoga reconnaît également cette dualité à travers l'idée de Shiva et de Shakti. Selon les anciens textes védiques du "Rig Veda" (1700-1100 av. J.-C.), Shiva représente la conscience pure, le principe masculin, tandis que Shakti représente l'énergie créatrice et la force vitale, le principe féminin. Ensemble, ils donnent forme à toute la réalité.

Comment ces forces se manifestent-elles en vous ? À quels moments avez-vous l'impression d'être plus dans votre énergie masculine, logique, et à quels moments vous sentez-vous plus dans votre énergie féminine, intuitive ? Il n'y a pas de bonne ou de mauvaise réponse à ces questions. En explorant ces énergies en vous et en votre partenaire, vous pouvez commencer à mieux comprendre votre propre nature et profiter d'une relation plus profonde et plus gratifiante.

Dans le massage tantrique, nous jouons avec cette dualité, créant une danse entre le masculin et le féminin, permettant à ces énergies de circuler et de s'entrelacer d'une manière qui amplifie l'expérience pour les deux. Dans cette danse, vous pouvez explorer les rôles de donner et de recevoir, de diriger et de suivre, et découvrir comment ces interactions affectent votre expérience du plaisir et de la connexion.

Cette exploration peut permettre une meilleure compréhension de soi et de son partenaire, et ouvrir de nouvelles possibilités de plaisir et de connexion. En explorant ce jeu de polarité, nous pouvons également commencer à découvrir comment cette danse s'étend au-delà de notre corps et se manifeste dans tous les aspects de notre vie.

Vous vous demandez peut-être comment commencer à explorer cette polarité en moi-même et dans mes interactions avec les autres ? Eh bien, la réponse passe par la prise de conscience. Oui, la même conscience que nous avons cultivée tout au long de ce voyage tantrique. Et vous vous souvenez quand nous avons parlé au chapitre 3 de l'importance de redécouvrir vos cinq sens comme un portail vers le présent ? Nous pouvons maintenant pousser cette prise de conscience un peu plus loin et l'appliquer à notre compréhension de la polarité masculine et féminine dans notre vie.

Le psychologue Carl Jung, dans son ouvrage "Aion : Recherches sur la phénoménologie du moi" (1951), a souligné l'importance de reconnaître et d'intégrer les aspects masculins et féminins de notre psyché, qu'il a appelés l'anima et l'animus. Selon lui, chaque individu porte en lui ces deux forces et notre tâche est de les amener à la lumière de la conscience et de leur permettre de s'exprimer en s'équilibrant mutuellement.

Comment cela se traduit-il dans la pratique ? Il peut s'agir simplement de prêter attention à la manière dont vous vous comportez dans différentes situations. Y a-t-il des moments où vous vous sentez plus actif, plus déterminé, plus concentré sur la logique et l'action, manifestant ainsi l'énergie masculine ou Yang en vous ? Et qu'en est-il des moments où vous vous sentez plus réceptif, plus intuitif, plus concentré sur les émotions et les sensations, manifestant ainsi l'énergie féminine ou Yin en vous ? Comment vous sentez-vous dans chacun de ces états ? Comment affectent-ils vos interactions avec les autres ? Et comment votre expérience change-t-elle lorsque vous vous autorisez à passer d'une énergie à l'autre ?

Si l'on se souvient des paroles de Jung, il n'y a rien de mal à exprimer une énergie plus que l'autre. Il ne s'agit pas de rechercher la perfection ou l'équilibre parfait, mais de reconnaître et d'honorer les différentes parties de soi.

Alors que nous explorons le Yin et le Yang, le masculin et le féminin, ne vous laissez pas abuser par les stéréotypes sociaux ou les idées préconçues. Il ne s'agit pas d'un jeu de rôle dans lequel l'homme doit toujours être Yang et la femme toujours Yin. En fait, le Tantra nous invite à explorer et à célébrer toutes les facettes de notre identité et à reconnaître que chacun d'entre nous contient à la fois la lumière du jour et l'obscurité de la nuit.

Et lorsque vous pouvez accueillir ces énergies opposées en vous, vous vous donnez la liberté de jouer, d'explorer, de découvrir de nouveaux aspects de vous-même et de votre capacité de plaisir et de connexion. Et c'est une chose vraiment magnifique.

Je vous encourage donc à vous donner la possibilité d'explorer ce jeu de polarité. Comme le disait le poète persan Rumi dans son œuvre "Masnavi" (1268-1273) : "La tâche n'est pas de chercher l'amour, mais de chercher et de trouver toutes les barrières que l'on a érigées en soi contre lui". Alors, si vous le voulez bien, poursuivons notre voyage vers la découverte de soi et l'expansion de l'amour et de la compréhension de soi.

Laissez-moi maintenant vous peindre une image, qui vous aidera à illustrer comment ces énergies de polarité peuvent être expérimentées et explorées dans la pratique du massage tantrique.

Imaginez une danse. Une danse à deux, se déplaçant ensemble dans une danse de polarités. Dans ce scénario, l'un des participants adopte une posture active, une posture de don, de direction. C'est l'énergie Yang qui est en jeu, le principe masculin dont nous parlions tout à l'heure. L'autre, en revanche, adopte une posture réceptive, une posture de réception, de suivi. C'est l'énergie Yin, le principe féminin. Cette danse est un massage tantrique, un jeu de donner et de recevoir, de conduire et de suivre, d'explorer la polarité entre les énergies Yin et Yang.

Mais ne vous y trompez pas, il ne s'agit pas nécessairement d'un homme et d'une femme dans cette danse. Comme nous l'avons déjà mentionné, ces énergies sont indépendantes du sexe. Un homme peut embrasser son énergie Yin et une femme son énergie Yang. La beauté réside dans l'échange et l'équilibre, dans le flux de ces énergies entre les deux participants.

Le célèbre psychologue Erich Fromm, dans son livre "L'art d'aimer" (1956), a déclaré que "l'amour est un acte de foi, et celui qui a peu de foi a aussi peu d'amour". Dans ce contexte, donner et recevoir dans le massage tantrique est un acte d'amour et de confiance, un voyage vers l'exploration et la compréhension de soi et de l'autre.

Vous vous demandez peut-être comment on peut faire l'expérience de cette danse des polarités dans le massage tantrique ? Eh bien, c'est aussi simple et aussi profond que la présence. Il s'agit d'être réellement présent, avec toute sa conscience, à chaque contact, à chaque soupir, à chaque regard. Sentir comment l'énergie circule de vous à l'autre et vice versa, sentir comment la polarité se déplace et change, et vous laisser couler avec elle.

Bien entendu, cette danse des polarités ne se limite pas au massage tantrique. Elle s'étend à tous les domaines de notre vie. Lorsque nous sommes capables de comprendre, d'intégrer et d'embrasser nos énergies masculines et féminines, nous devenons plus complets, plus équilibrés. Nous devenons capables d'entrer en relation avec nous-mêmes et avec les autres d'une manière plus authentique et plus empathique.

Et maintenant, cher lecteur, êtes-vous prêt à danser cette danse des polarités ? Êtes-vous prêt à explorer et à embrasser toutes les parties de vous-même ? Je vous promets que c'est un voyage qui vaut la peine d'être entrepris.

Ainsi, nous levons les yeux et voyons comment la danse des polarités nous a conduits vers un nouvel horizon. Mais, cher ami, nous n'avons pas atteint notre destination. Au contraire, chaque pas que nous faisons ouvre une voie nouvelle et passionnante dans ce voyage qu'est le tantra.

Nous avons parcouru les chemins de la polarité et nous nous sommes délectés de sa danse. Nous avons exploré la nature intrinsèque de nos énergies masculines et féminines, et la manière dont elles peuvent circuler et s'équilibrer dans la pratique du massage tantrique.

Le philosophe Alan Watts, dans son ouvrage "La sagesse de l'insécurité" (1951), proclame que "la seule façon de donner un sens au changement est de s'y immerger, de bouger avec lui et d'entrer dans la danse". Ainsi, en nous laissant porter par les énergies, en nous joignant à la danse, nous accédons à une meilleure compréhension de nous-mêmes et de notre relation avec l'univers.

Dans ce contexte, le massage tantrique se présente comme une invitation à cette merveilleuse danse des énergies, où chaque mouvement est un pas de plus vers la connexion avec notre moi le plus authentique et avec l'autre.

Mais, cher lecteur, notre voyage est loin d'être terminé. Dans le prochain chapitre, nous plongerons encore plus profondément dans l'énergie tantrique en explorant comment le tantra peut être pratiqué en couple. Et, oui, vous pouvez vous attendre à ce que cette partie du voyage soit remplie de plus de magie, de plus de découvertes et, bien sûr, de plus d'amour.

Pour l'instant, je vous encourage à réfléchir à ce que nous avons exploré dans ce chapitre. Comment pouvez-vous incorporer ces concepts de polarité dans votre vie quotidienne ? Comment pouvez-vous vous ouvrir à la danse des énergies en vous-même et avec les autres ? Ce sont des questions qui, je l'espère, vous inviteront à réfléchir, à grandir et à aller de l'avant dans ce voyage vers la plénitude tantrique.

Et maintenant, le cœur plein de gratitude pour votre compagnie dans ce voyage, je vous invite à faire un pas en avant. Êtes-vous prêt, cher ami, à continuer à danser ensemble dans cette merveilleuse danse du tantra ? N'oubliez pas qu'au cours de ce voyage, il n'y a pas de limites, il n'y a que des horizons qui attendent d'être découverts. Jusqu'au prochain chapitre, mon ami.

Chapitre 9 : Danser avec l'énergie : la pratique du tantra en couple

Nous entrons dans ce nouveau chapitre, cher lecteur, comme deux compagnons de voyage embarqués dans une expédition passionnante et transformatrice. Ensemble, nous avons exploré les chemins de la découverte de soi et dansé avec les polarités de notre nature essentielle. Maintenant, nous nous préparons à entrer dans un territoire encore plus profond, celui de la pratique du tantra en couple.

Tout d'abord, permettez-moi de vous poser la question suivante : pourquoi pensez-vous que la pratique du tantra en couple est importante ? Qu'est-ce que cela signifie pour vous de partager cette danse des énergies avec une autre personne ?

Le tantra avec partenaire est important parce qu'il nous permet d'explorer notre capacité à nous relier profondément à un autre être humain, tant sur le plan physique que spirituel. Cette pratique nous incite à élargir notre perception de l'amour, du plaisir et de l'intimité, et à faire l'expérience de l'extase partagée qui peut survenir lorsque deux énergies s'entrelacent dans une danse tantrique.

Cela dit, entrons dans l'essence de la pratique tantrique en couple. Vous vous souvenez que nous avons parlé de l'abandon dans le chapitre 7 ? Dans le tantra de couple, cet abandon prend une dimension supplémentaire. Non seulement vous vous abandonnez à l'énergie tantrique et à votre propre exploration intérieure, mais vous vous abandonnez également au voyage avec votre partenaire.

Cet abandon commun ne signifie pas que l'on se perd dans l'autre. Il s'agit plutôt de s'ouvrir à un champ d'énergie partagé dans lequel chacun peut résonner et circuler librement. Dans cette danse, chacun d'entre vous est à la fois le meneur et le suiveur, chacun d'entre vous est à la fois le danseur et la danse elle-même.

Il est certain qu'il y a quelque chose de profondément beau et puissant dans le fait de partager la danse tantrique avec un partenaire. Cependant, cela peut aussi être un défi, car cela demande de l'honnêteté, de la vulnérabilité et la capacité d'être présent et ouvert à l'expérience de l'autre.

Je vous invite donc à aborder cette pratique avec une attitude de curiosité et d'ouverture, désireux d'explorer de nouvelles dimensions de vous-même et de votre relation. Et, bien sûr, toujours avec un sens de l'humour et un sourire sur le visage. Après tout, le tantra est un voyage vers la joie et le plaisir, une célébration de la vie sous toutes ses formes.

Préparez-vous donc à entrer dans le mystère et l'émerveillement du tantra en tant que couple. Dans ce chapitre, nous allons explorer ensemble comment cette pratique peut enrichir votre vie et vos relations, tisser un lien plus profond et vous ouvrir à des niveaux de plaisir et d'extase que vous n'auriez jamais imaginés.

Êtes-vous prêt(e), cher(e) ami(e), à franchir cette étape passionnante de notre voyage tantrique ? Alors plongez avec moi dans les profondeurs du tantra en tant que couple, et découvrez le pouvoir de transformation de la danse avec l'énergie... ensemble.

En explorant la pratique du tantra en couple, nous découvrons une façon de nous connecter qui transcende la familiarité des interactions quotidiennes. Il ne s'agit pas simplement d'apprendre une série de techniques ou de postures ; c'est un chemin de découverte, une invitation à nous immerger dans le courant d'une conscience et d'une énergie partagées.

Comme le mentionne Daniel Odier dans son ouvrage "Desire : Tantra and Sexual Energy" (2001), "le Tantra est la voie de l'acceptation et de l'amour. Il nous aide à accepter notre propre corps, nos émotions, nos perceptions... et enfin, il nous conduit à un état d'amour et d'acceptation envers l'autre. Le véritable tantra est un chemin de communion profonde avec soi-même et avec les autres". Ainsi, cher lecteur, dans notre exploration du tantra en tant que couple, nous nous embarquons pour un voyage vers plus d'authenticité, de connexion et d'amour.

Parlons maintenant de la dynamique entre donner et recevoir dans le tantra avec partenaire. Cette danse est souvent un exercice d'équilibre, une question d'apprendre à naviguer entre le désir de donner du plaisir et la capacité de le recevoir. C'est là que réside la véritable alchimie du tantra.

Rappelant les enseignements de Margot Anand dans son livre "The Art of Sexual Ecstasy : The Way of Tantra" (1989), connue pour ses contributions à la pratique moderne du tantra, elle a déclaré : "En donnant, nous recevons ; en recevant, nous donnons. Cette danse mutuelle des énergies est ce qui crée le cercle de l'extase". Réfléchissez un instant à ces mots, cher ami, que ressentez-vous ? Quelles images ou sensations évoquent-ils en vous ?

L'exploration de cet équilibre peut être un défi, mais aussi un chemin de croissance et d'apprentissage profond. Lorsque nous nous ouvrons à la réception, nous permettons à notre partenaire de s'exprimer par le don. Et lorsque nous donnons généreusement, nous invitons notre partenaire à faire l'expérience du plaisir de recevoir. Cette danse mutuelle du don et de la réception peut générer un circuit d'énergie, créant un flux qui s'intensifie et s'étend à mesure que nous nous y abandonnons.

Maintenant, cher lecteur, imaginez ceci : vous êtes dans un espace calme et sûr avec votre partenaire. La lumière est douce, la musique est douce, et vous êtes tous deux présents et conscients, respirant ensemble, synchronisant vos cœurs. À chaque respiration, vous sentez l'énergie circuler entre vous, chacun reflétant et répondant à l'autre, dans une danse de don et de contre-don.

Ce n'est qu'un aperçu de ce que peut être la pratique du tantra en couple, une danse d'énergie et d'extase qui peut vous amener à des profondeurs de connexion et d'intimité que vous n'avez peut-être jamais expérimentées auparavant. Dans la prochaine section, nous approfondirons cette pratique et je vous fournirai quelques outils et techniques concrets pour explorer cette danse avec votre partenaire. Êtes-vous prêt à aller de l'avant ? Alors, mon ami, poursuivons notre voyage.

Au cœur de cette danse de donner et de recevoir se trouve l'acte de présence, le fait d'être vraiment là, dans l'instant, avec votre partenaire. Quelle que soit la technique ou la posture que vous pratiquez, si vous n'êtes pas présent, le véritable potentiel du tantra ne peut s'épanouir. La présence, comme le mentionne Christopher Wallis, auteur renommé de tantra et de yoga, dans "Tantra Illuminated" (2007), "est la clé qui permet de débloquer le flux d'énergie et de conscience".

Réfléchis un instant, mon ami. Lorsque vous êtes présent, vraiment présent, tout s'intensifie. Les couleurs sont plus vives, les sons plus aigus, les saveurs plus riches. Et au contact de votre partenaire, lorsque vous êtes pleinement présent, chaque contact, chaque chuchotement, chaque regard est amplifié.

Approfondissons cette question à l'aide d'un exemple concret. Imaginez que vous caressez la main de votre partenaire. Si vous êtes distrait, que vous pensez à votre travail ou à ce que vous allez faire ensuite, votre caresse peut être automatique, sans véritable connexion. Mais si vous êtes pleinement présent, si toute votre attention est concentrée sur l'acte de caresser, chaque mouvement de votre main devient un geste d'amour, une communication sans paroles qui dit : "Je suis ici, avec toi, dans ce moment. Pouvez-vous sentir la différence ? Pouvez-vous imaginer à quel point cela peut être puissant lorsque vous l'appliquez à la pratique du tantra en tant que couple ?

Mais comment cette présence est-elle cultivée ? Comme l'indique l'enseignante et auteure Diana Richardson dans The Heart of Tantric Sex (2003), "la présence dans l'acte d'aimer se cultive grâce à l'attention, à la conscience et à la respiration consciente". C'est un chemin de retour à soi, un chemin de retour au moment présent. Et chaque fois que vous revenez, vous réalisez que tout ce dont vous avez besoin est ici et maintenant.

Pratiquer la présence peut être aussi simple que de se concentrer sur sa respiration. Lorsque vous vous rendez compte que vous avez été distrait, revenez doucement, avec amour, à votre respiration. C'est l'ancre qui vous maintient dans le présent, qui vous permet de rester ancré et connecté.

Avec la pratique, vous commencerez à remarquer un changement. L'esprit devient plus calme, le cœur plus ouvert. Et dans cette ouverture, vous pouvez trouver un espace pour que l'énergie tantrique circule, un espace pour que l'intimité et la connexion s'épanouissent.

Cher lecteur, alors que vous explorez le chemin du tantra en tant que couple, rappelez-vous que chaque étape fait partie du voyage. Il n'y a pas de destination finale à atteindre, seulement ce moment, encore et encore. Alors respirez, soyez présents et appréciez la danse.

Dans la section suivante, nous allons nous plonger encore plus profondément dans cette danse. Nous explorerons comment vous pouvez utiliser les techniques et les pratiques du tantra pour cultiver un flux d'énergie plus fort et plus cohérent avec votre partenaire. Mais pour l'instant, prenez le temps de réfléchir à ce que vous avez appris jusqu'à présent. Comment pouvez-vous appliquer ces idées à votre propre pratique avec votre partenaire ? Quels changements pouvez-vous commencer à remarquer à mesure que vous devenez plus présent dans vos interactions ?

Pour poursuivre notre exploration, permettez-moi de citer un autre grand maître tantrique, Daniel Odier, qui dans son livre "Tantric Quest : An Encounter with Absolute Love" (1997), avance l'idée qu'au cœur du tantra se trouve le désir de fusionner avec l'autre, de ne faire qu'un. Dans les pratiques de couple tantriques, ce désir d'union devient une porte d'entrée vers plus de conscience et d'énergie.

Les techniques et les pratiques du tantra en couple vont au-delà du simple acte physique de donner et de recevoir du plaisir. Il s'agit d'un voyage intérieur, d'un voyage dans l'essence même de ce que nous sommes. Chaque toucher, chaque soupir, chaque regard devient un véhicule pour ce voyage.

Et c'est là que réside la véritable beauté du tantra. Dans cette danse des énergies, dans cette danse du don et de la réception, nous commençons à découvrir qu'il n'y a pas de véritable séparation entre nous et nos amants. Nous réalisons que nous sommes le reflet les uns des autres, un miroir reflétant notre propre lumière et notre obscurité, notre amour et notre peur.

Ainsi, lecteur bien-aimé, alors que vous avancez sur le chemin du tantra en tant que couple, je vous invite à garder cette idée dans votre cœur. Rappelez-vous que chaque rencontre est une occasion de connexion authentique et de croissance, une occasion de danser avec l'énergie de la vie elle-même.

Nous avons exploré la signification de la pratique du tantra en tant que couple et la façon dont cette danse des énergies peut conduire à une plus grande connexion et à une plus grande prise de conscience. Mais ce n'est que le début, mon ami. Il y a encore tant de choses à découvrir et à explorer sur le chemin du tantra.

Êtes-vous prêt à passer à l'étape suivante ? Dans le prochain chapitre, nous explorerons le monde des chakras, ces centres énergétiques fascinants qui jouent un rôle crucial dans la circulation de l'énergie tantrique. Vous apprendrez à travailler avec ces centres d'énergie pour augmenter votre plaisir et approfondir votre connexion avec votre partenaire.

J'ai hâte de vous retrouver dans le prochain chapitre, où nous poursuivrons ensemble ce merveilleux voyage au cœur du massage tantrique. Allez, mon ami, l'aventure nous attend !

Chapitre 10 : Les sept chakras : centres d'énergie et de plaisir

Imaginez un instant que vous vous trouviez devant un orgue à tuyaux majestueux, une merveille de l'ingénierie acoustique. L'instrument lui-même est impressionnant, mais sans l'énergie qui circule dans ses tuyaux, sans l'air qui circule dans ses innombrables passages, il n'est qu'un objet inerte. Et si je vous disais que notre corps est semblable à cet orgue à tuyaux ? Oui, vous avez bien lu. Nous sommes comme un instrument de musique et la musique que nous jouons est celle de notre énergie vitale.

Mais où cette énergie vitale, notre prana, circule-t-elle dans notre corps ? La réponse à cette question nous amène au sujet fascinant des chakras.

Les chakras sont les centres énergétiques de notre corps. Issus de l'ancienne philosophie yogique et tantrique de l'Inde, ces vortex d'énergie, sept au total, sont alignés le long de notre axe central, de la base de la colonne vertébrale au sommet de la tête. Aujourd'hui, dans ce dixième chapitre, nous allons plonger dans le monde des chakras et découvrir comment ils sont intrinsèquement liés à notre plaisir et à notre développement personnel.

Mais avant de nous engager dans cette voie, je vous invite à réfléchir un instant. Avez-vous déjà ressenti un sentiment de blocage dans votre vie, l'impression que quelque chose ne circule pas comme il le devrait ? Avez-vous parfois eu l'impression qu'une barrière vous empêchait de ressentir du plaisir ou même, dans certains cas, toute forme d'émotion ? Si vous répondez par l'affirmative, il se peut que vos chakras soient bloqués.

Dans leur état optimal, les chakras doivent être ouverts et équilibrés, permettant à l'énergie de circuler librement à travers eux. Lorsque les chakras sont bloqués ou déséquilibrés, cela peut entraîner toute une série de problèmes, tant physiques qu'émotionnels. C'est pourquoi l'étude et la compréhension des chakras sont si importantes.

Et si nous découvrions ensemble ces centres énergétiques et la manière dont vous pouvez les utiliser pour libérer votre potentiel de plaisir et d'épanouissement personnel ? Êtes-vous prêt pour ce voyage énergétique, mon ami ?

Commençons par le commencement. D'où vient le terme "chakra" ? En sanskrit, "chakra" signifie "roue" ou "disque". Ce mot est utilisé pour décrire ces centres d'énergie dans notre corps car ils sont considérés comme ayant une forme circulaire et tournant avec l'énergie vitale qui les traverse.

Chaque chakra est associé à un ensemble spécifique d'aspects physiques, émotionnels et spirituels. En travaillant avec nos chakras, nous pouvons aborder et guérir ces aspects spécifiques de notre vie, ce qui nous permet d'améliorer notre santé, notre bien-être et, oui, notre plaisir.

Je vais maintenant vous poser une question : que ressentiriez-vous si vous pouviez comprendre, équilibrer et renforcer chacun de ces merveilleux centres d'énergie en vous ? Aimeriez-vous apprendre à jouer la mélodie de votre propre être, à diriger la symphonie de votre énergie vitale ?

Eh bien, vous n'avez pas à attendre plus longtemps. Laissez-moi vous guider dans ce voyage musical et vibratoire à travers les sept chakras.

Nous commencerons par le premier chakra, appelé Muladhara ou chakra racine. Situé à la base de la colonne vertébrale, il est le fondement de votre système énergétique. Il a pour fonction de vous procurer un sentiment de sécurité et de stabilité. Vous souvenez-vous du livre d'Anodea Judith "Eastern Body, Western Mind", publié en 1996 ? Judith y explique brillamment comment un chakra racine équilibré vous permet de vous sentir ancré et en sécurité dans votre corps et dans votre vie, tandis qu'un chakra racine déséquilibré peut vous amener à vous sentir déconnecté et plein de peurs.

Nous poursuivons notre ascension vers le deuxième chakra, Svadhisthana ou chakra sacré. Situé juste en dessous du nombril, c'est le centre de la créativité et du plaisir sensuel. C'est là que réside notre capacité à ressentir le plaisir et à faire l'expérience de la joie de vivre. Dans le classique "Wheels of Life" (1987), le même auteur, Anodea Judith, nous enseigne que lorsque ce chakra est en équilibre, nous sommes en mesure de profiter pleinement de la vie et d'exprimer librement notre créativité.

Nous montons ensuite vers le troisième chakra, Manipura ou chakra du plexus solaire, situé dans la région de l'estomac, qui est le centre du pouvoir personnel et de l'estime de soi. Situé dans la région de l'estomac, il est le centre de votre pouvoir personnel et de votre estime de soi. Vous souvenez-vous du merveilleux travail de Caroline Myss dans "Anatomie de l'esprit" (1996) ? Myss y décrit comment un chakra du plexus solaire équilibré vous permet de vous sentir puissant et capable, tandis qu'un chakra déséquilibré peut vous donner un sentiment d'impuissance et d'insécurité.

Le voyage se poursuit jusqu'au quatrième chakra, Anahata ou chakra du cœur. Situé au centre de la poitrine, il est le centre de la compassion et de l'amour inconditionnel. Selon l'enseignement de Paramahansa Yogananda dans son œuvre monumentale "Autobiographie d'un Yogi" (1946), un cœur ouvert et équilibré permet de ressentir de l'amour et de la compassion envers soi-même et les autres, tandis qu'un chakra du cœur bloqué peut entraîner un sentiment de déconnexion et d'isolement.

Attendez une seconde, n'est-ce pas incroyable la sagesse que nous avons déjà découverte ensemble ? Et il nous reste encore trois chakras à explorer. Mais avant de continuer, je vous invite à respirer profondément, à ressentir chacun des chakras que nous avons passés en revue jusqu'à présent. Sentez-vous que la musique de votre énergie vitale commence à jouer une mélodie plus harmonieuse ? Sentez-vous que chaque note de votre symphonie intérieure vibre avec plus de clarté et de force ?

Allez, mon ami ! Allons de l'avant dans ce fascinant voyage à l'intérieur de nous-mêmes.

Le cinquième chakra, Vishuddha ou chakra de la gorge, est situé, comme son nom l'indique, dans la gorge. C'est le centre de la communication et de l'expression de la vérité. Lorsqu'il est équilibré, vous vous sentez capable de vous exprimer librement et authentiquement, sans crainte d'être jugé ou rejeté. Vous souvenez-vous du livre "Le livre des chakras" d'Ambika Wauters, publié en 2002 ? Wauters explique comment un chakra de la gorge bloqué peut conduire à la répression de la vérité personnelle et à une lutte pour s'exprimer.

Le voyage se poursuit vers le haut jusqu'au sixième chakra, Ajna ou chakra du troisième œil, qui est situé au milieu du front, juste au-dessus de l'espace entre les sourcils. C'est le centre de l'intuition et de la perception au-delà du physique. Avez-vous lu "The Psychic Pathway" (1991) de Sonia Choquette ? Choquette nous y apprend qu'un troisième œil ouvert permet de percevoir au-delà du physique, de se connecter à son intuition et d'avoir une vision plus claire de sa vie.

Enfin, nous arrivons au septième chakra, Sahasrara ou chakra de la couronne, situé au sommet de la tête. C'est le centre de la spiritualité et de la connexion au divin. Selon ce que Muktananda nous a enseigné dans "Play of Consciousness" (1974), un chakra couronne équilibré vous permet de vous sentir connecté au tout, d'expérimenter des états de conscience plus élevés et de vivre avec un sens profond du but et de la signification.

Maintenant que nous avons parcouru ensemble ces sept centres énergétiques, j'aimerais vous inviter à une petite expérience. Fermez les yeux un instant. Imaginez que chacun de vos chakras est une fleur. La fleur du chakra racine est de couleur rouge et se trouve à la base de la colonne vertébrale. La fleur du chakra sacré est de couleur orange et se trouve juste en dessous de votre nombril. La fleur du chakra du plexus solaire est de couleur jaune et se trouve dans la région de l'estomac. La fleur du chakra du cœur est de couleur verte et se trouve au centre de la poitrine. La fleur du chakra de la gorge est de couleur bleue et se trouve dans la gorge. La fleur du chakra du troisième œil est de couleur indigo et se trouve au milieu du front. La fleur du chakra de la couronne est de couleur violette et se trouve au sommet de la tête.

Imaginez maintenant qu'une lumière vive et chaude, comme celle du soleil, baigne chacune de ces fleurs. Voyez comment, sous la chaleur de cette lumière, chaque fleur commence à s'ouvrir, à déployer ses pétales, à vibrer avec plus de force et de clarté. Sentez comme cette lumière parcourt votre corps, comme elle pénètre chacun de vos chakras, comme elle active et équilibre votre énergie vitale. Sentez comment, à chaque respiration, vous vous mettez de plus en plus à l'écoute de la musique de votre être.

Ressentez-vous cette harmonie, cet amour pour vous-même, cette connexion avec votre moi le plus authentique ? Cette connexion n'est pas une coïncidence. C'est la musique de l'existence elle-même, le rythme de l'univers qui coule à travers vous. C'est l'énergie de la vie qui danse dans chacun de vos chakras, les illuminant, les équilibrant, les mettant en harmonie.

Sentez comment chacun de vos chakras s'aligne, comment ils se connectent les uns aux autres comme une série de points lumineux parcourant la longueur de votre corps. Chacun a sa couleur, sa vibration, sa fonction. Mais ensemble, ils travaillent en parfaite harmonie pour vous accorder à la danse de l'univers.

Ressentez-vous cet élan d'amour et de gratitude débordant du plus profond de votre être ? C'est la beauté de l'harmonie.

C'est le cadeau de vivre en phase avec son propre rythme, sa propre musique.

Ce voyage à travers vos chakras n'est pas la fin, mon ami, ce n'est que le début. En apprenant à accorder chacun de vos chakras, à écouter leur musique, à danser avec leur énergie, vous devenez maître de votre être. Vous commencez à vivre dans une nouvelle dimension d'harmonie et d'extase.

Chaque chakra, chaque centre d'énergie, est une porte vers un univers de plaisir et d'épanouissement. Et ce qu'il y a de merveilleux avec ces portes, c'est qu'elles vous sont ouvertes à tout moment. Tout ce dont vous avez besoin, c'est du courage de les franchir, du désir d'explorer et de la volonté d'embrasser la danse de l'énergie qui vous traverse.

Et vous voilà, les yeux fermés, écoutant la musique de vos chakras, sentant comment chacun est illuminé par la lumière de la vie, comment chacun s'ouvre comme une fleur à la chaleur du soleil. C'est vous dans votre expression la plus complète, vous dans votre plénitude, vous dans votre authenticité.

Ressentez-vous la puissance de cette expérience, sentez-vous chaque fibre de votre être vibrer avec l'énergie de la vie ? C'est ce que signifie être en vie, mon ami. C'est ce que signifie danser avec l'énergie.

Dans le prochain chapitre, nous approfondirons la relation entre la méditation et le massage tantrique, et la manière dont ils peuvent ensemble vous aider à cultiver la pleine conscience. Comment votre vie pourrait-elle changer si vous pouviez être présent à chaque instant, si vous pouviez vivre chaque expérience en pleine conscience ? Imaginez les avantages que vous pourriez tirer d'une telle approche dans votre vie. Imaginez comment cela pourrait améliorer vos relations, votre travail, votre santé, votre motivation.

Je vous invite à me suivre dans ce voyage passionnant, à explorer avec moi l'univers merveilleux du tantra. Car, en fin de compte, ce livre n'est pas seulement pour moi l'occasion de partager mes connaissances avec vous. Il s'agit de nous, d'explorer ensemble, d'apprendre ensemble, de grandir ensemble. Je me réjouis de vous retrouver dans le prochain chapitre. Êtes-vous prêt à poursuivre ce voyage ?

Chapitre 11 : Méditation et massage tantrique : cultiver la pleine conscience

Vous êtes-vous déjà arrêté pour regarder une goutte d'eau s'écouler lentement le long d'une vitre un jour de pluie ? Avez-vous déjà remarqué l'émerveillement de contempler chaque instant dans son individualité complète et totale, de reconnaître la beauté et l'unicité de chaque milliseconde qui compose le voyage de la goutte d'eau ? N'est-ce pas merveilleux et captivant ?

C'est le pouvoir de la pleine conscience, ou mindfulness, comme on l'appelle dans le monde de la psychologie et des disciplines de l'esprit. La pleine conscience est la capacité d'être pleinement présent dans l'instant, sans distraction et complètement immergé dans l'expérience en cours.

Pourquoi est-ce important ? Je m'explique. Nous vivons dans un monde qui nous tire constamment vers l'avenir ou nous fait revivre le passé. Notre esprit est perpétuellement en train de sauter d'une pensée à l'autre, d'un souci à l'autre, d'un souvenir à un projet. Mais combien de fois nous arrêtons-nous vraiment pour vivre dans le présent ? Combien de fois vous êtes-vous vraiment permis d'être ici et maintenant, libre de toute distraction et pleinement présent à ce que vous êtes en train de faire ?

C'est là que la pleine conscience se croise avec le massage tantrique. Comme la goutte d'eau sur la vitre, chaque caresse d'un massage tantrique est une invitation à être présent, à s'immerger dans le moment présent et à vivre la plénitude de l'expérience sensorielle.

Mais avant de plonger dans les profondeurs de cette convergence, permettez-moi de vous emmener dans un voyage à travers l'histoire de la pleine conscience. La pleine conscience n'est pas un concept nouveau ; en fait, ses racines remontent à des milliers d'années, dans les anciennes traditions bouddhistes de l'Inde. Dans le "Satipatthana Sutta", un ancien texte bouddhiste datant du Ve siècle avant J.-C., le Bouddha Gautama décrit la pratique de la pleine conscience comme le seul moyen de se libérer de la souffrance.

Au cours des dernières décennies, la pleine conscience a fait son chemin dans le monde occidental, en grande partie grâce au travail de personnalités telles que Jon Kabat-Zinn, qui a fondé en 1979 la Clinique de réduction du stress et le programme de réduction du stress basé sur la pleine conscience à l'université du Massachusetts. Son livre "Living Fully in Crisis : How to Use the Wisdom of Body and Mind to Cope with Stress, Pain and Illness" (1990) a été un phare pour des millions de personnes dans le monde.

Ces enseignements anciens, combinés aux applications cliniques modernes de la pleine conscience, nous offrent un outil puissant de transformation personnelle et de croissance spirituelle. Et, comme vous le verrez dans ce chapitre, c'est ce même outil qui nous permet d'expérimenter le massage tantrique à son meilleur.

Mais qu'est-ce que cela signifie vraiment d'être présent, et à quoi cela ressemble-t-il en pratique ? Je m'explique.

Être présent signifie être pleinement immergé dans ce qui se passe à ce moment précis. Cela signifie que votre esprit ne vagabonde pas dans des pensées du passé ou du futur, mais qu'il est entièrement concentré sur ce qui se passe maintenant. Vous pouvez être présent lorsque vous mangez, lorsque vous marchez, lorsque vous vous baignez, lorsque vous lisez, et oui, également lorsque vous pratiquez le massage tantrique.

Pour expérimenter cet état de pleine conscience, la méditation est une pratique qui peut s'avérer très utile. En méditant, nous nous entraînons à concentrer notre esprit, à le maintenir immobile et dans le présent, plutôt que de le laisser sauter d'une pensée à l'autre comme un singe dans la jungle.

Dans son livre "Mindfulness in Everyday Life : Wherever You Go, There You Are" (1994), Jon Kabat-Zinn explique que la méditation n'est rien d'autre que le fait de prêter attention d'une manière particulière : délibérément, dans le moment présent et sans jugement. Et c'est précisément l'attitude dont nous avons besoin lorsque nous pratiquons le massage tantrique.

Le massage tantrique est une danse, une interaction profonde entre deux corps et deux âmes. C'est une conversation sans mots, où le langage est le toucher et l'écoute la perception de l'énergie et des sensations. Mais pour participer pleinement à cette conversation, il faut être présent, il faut être attentif.

Vous vous demandez probablement comment faire pour être présent lors d'un massage tantrique. Permettez-moi de vous donner quelques conseils.

Avant de commencer le massage, prenez un moment pour vous concentrer sur vous-même. Fermez les yeux, respirez profondément et prêtez attention aux sensations de votre corps : sentez-vous des tensions à certains endroits, y a-t-il une partie de votre corps qui demande votre attention, comment se sent l'air lorsqu'il entre et sort de vos poumons ? Cet acte d'attention à votre corps, sans jugement, sans essayer de changer quoi que ce soit, est déjà un acte de méditation, un acte de présence.

Lorsque vous commencez le massage, portez la même attention aux mains de votre partenaire, ou aux vôtres si c'est vous qui donnez le massage. Prêtez attention à chaque caresse, à chaque contact, à chaque changement de pression. Remarquez ce que vous ressentez sur votre peau, dans vos muscles, dans vos os. Laissez chaque caresse être comme une goutte d'eau sur la fenêtre, une expérience unique et unique qui vous invite à être dans le présent.

Il n'est pas facile d'atteindre ce niveau de présence, mais il ne faut pas désespérer. Rappelez-vous que la pleine conscience est une pratique. Comme un muscle, la pleine conscience se renforce avec le temps et la pratique. Et chaque fois que vous le faites, vous faites un pas de plus vers une expérience plus profonde et plus enrichissante du massage tantrique.

Mais pourquoi cette pleine conscience est-elle si importante dans le massage tantrique ? Que se passe-t-il lorsque nous sommes présents ? Pour répondre à ces questions, nous allons explorer un peu plus l'importance de cette présence dans la section suivante.

Imaginez que vous assistez à un concert. La musique est vibrante et remplit l'espace. Mais au lieu d'écouter, vous êtes sur votre téléphone, en train d'envoyer des SMS à vos amis pour leur dire à quel point le concert est passionnant. Bien que vous soyez physiquement présent, vous manquez en fait l'expérience. Vous n'écoutez pas vraiment la musique, vous ne ressentez pas vraiment l'énergie du lieu. Vous êtes déconnecté, absent, non présent.

Il en va de même pour le massage tantrique. Si, pendant la séance, votre esprit pense au travail, à des tâches en suspens ou à quoi que ce soit d'autre, vous passez à côté de l'expérience. Vous êtes déconnecté de votre corps, de votre partenaire et des sensations que vous pouvez éprouver.

La pleine conscience est donc comme un pont qui nous relie à l'expérience directe, nous permettant de vivre pleinement chaque moment du massage tantrique. Et lorsque nous sommes présents, quelque chose de merveilleux se produit : nous nous ouvrons à la possibilité d'un plaisir plus profond, d'une connexion plus intime et d'une libération plus complète.

Prenons l'exemple suivant. Imaginez que vous êtes en train de donner un massage tantrique et que votre esprit commence à vagabonder. Vous commencez à penser à ce que vous allez faire ensuite, à un problème que vous avez au travail ou à une inquiétude que vous avez. Soudain, votre main se met à bouger automatiquement, sans prêter attention aux signaux que vous envoie le corps de votre partenaire. Vous risquez de ne pas être en phase avec sa respiration, de ne pas vous rendre compte qu'une partie de son corps a besoin de plus d'attention ou d'exercer par inadvertance une pression trop forte. Vous êtes là, mais en même temps vous n'êtes pas là.

Maintenant, imaginez qu'au cours de ce même massage, vous vous rendiez compte que votre esprit a commencé à vagabonder. Mais au lieu de suivre cette pensée, vous décidez de revenir à votre respiration, aux sensations de votre corps, aux mains sur la peau de votre partenaire. Vous recommencez à écouter, à ressentir, à être présent. Et à ce moment-là, vous pouvez ajuster votre toucher, vous pouvez vous mettre à l'écoute de la respiration de votre partenaire, vous pouvez être pleinement là, dans le massage. C'est la différence que fait la pleine conscience.

Le philosophe Alan Watts a dit un jour : "C'est l'éternel présent. Ici. Maintenant. Mais la plupart des gens ne le reconnaissent pas. Ils sont coincés dans le passé, pensant à ce qui s'est passé hier ou il y a dix ans. Ou ils sont préoccupés par l'avenir, pensant à ce qui se passera demain ou l'année prochaine. Mais le passé est révolu et le futur n'est pas encore arrivé. Tout ce que nous avons, c'est le présent. Et le présent est tout ce qu'il y a.

Et c'est exactement le cadeau que vous offre le massage tantrique : la possibilité d'être dans le présent, d'expérimenter la puissance du moment présent, de profiter pleinement de chaque caresse, de chaque toucher, de chaque vibration d'énergie.

En bref, la pleine conscience et la méditation sont des outils essentiels dans la pratique du massage tantrique. Elles nous permettent d'être présents dans le massage, de ressentir pleinement chaque sensation et d'établir une connexion plus profonde avec notre partenaire et nous-mêmes. Elles nous permettent de transformer le massage tantrique en une véritable méditation en mouvement, une danse de la conscience et du plaisir.

Et si ces outils peuvent sembler simples, leur impact est profondément transformateur. Comme l'a dit Jon Kabat-Zinn, l'un des pionniers de la méditation de pleine conscience en Occident, "la pleine conscience est la conscience qui naît de l'attention portée, intentionnellement, dans le moment présent et sans jugement, aux choses telles qu'elles sont".

C'est cette conscience que vous pouvez cultiver lors d'un massage tantrique. Non pas une conscience fragmentée, distraite, perdue dans des pensées du passé ou de l'avenir. Mais une conscience pleine et présente, ouverte aux sensations du moment présent.

Chaque respiration, chaque contact, chaque caresse devient une invitation à être pleinement ici et maintenant, à vivre l'extase du moment présent. En cultivant cette présence, on se rend compte que chaque instant est unique, inégalable, plein de possibilités.

Cher lecteur, la pratique de la pleine conscience et de la méditation dans le massage tantrique vous invite à vous éveiller à cette réalité. Elle vous invite à vivre chaque moment de la séance comme si c'était le seul moment qui existe. Elle vous invite à découvrir la puissance du maintenant, la profondeur du présent, la danse de l'extase.

Il n'est donc pas exagéré de dire que la pleine conscience et la méditation peuvent transformer votre expérience du massage tantrique et, par là même, votre relation avec vous-même et votre partenaire. N'oubliez pas que vous n'avez pas besoin d'être un expert en méditation ou un yogi expérimenté pour commencer. Il suffit d'avoir la volonté d'être présent, de prêter attention, de s'ouvrir à l'instant présent.

Dans ce chapitre, nous avons exploré le monde fascinant de la pleine conscience et de la méditation dans le massage tantrique. Nous avons découvert comment ces pratiques peuvent approfondir notre connexion avec le corps, accroître notre plaisir et transformer notre expérience de la séance.

J'espère que vous avez apprécié ce voyage autant que j'ai pris plaisir à l'écrire. Mais ce n'est pas la fin, ce n'est que le début. Dans le prochain chapitre, nous nous plongerons dans la magie du rituel dans le massage tantrique. Nous découvrirons comment créer un espace sacré pour la séance, comment utiliser des symboles et des objets pour renforcer notre intention, et comment le rituel peut nous aider à préparer la séance et à intégrer l'expérience après celle-ci.

Alors, êtes-vous prêt à continuer à explorer, à continuer à découvrir, à continuer à grandir sur ce merveilleux chemin du tantra ? Êtes-vous prêt à continuer à avancer dans ce voyage au cœur du massage tantrique ? Si oui, je vous invite à aller de l'avant, à ouvrir la porte du prochain chapitre et à replonger dans la danse de l'extase. Je vous y attends.

Chapitre 12 : La magie du rituel : créer un espace sacré

Laissez-moi vous emmener en voyage, cher lecteur. Imaginez que vous vous trouvez à l'entrée d'un temple ancien. En vous approchant, vous sentez l'odeur des fleurs et de l'encens dans l'air, vous entendez les échos des mantras et des chants sacrés, vous ressentez la paix et la sérénité qui imprègnent l'atmosphère. Vous réalisez qu'il ne s'agit pas d'un lieu ordinaire, mais d'un espace sacré.

Le ressentez-vous ? Ce sentiment de respect et de révérence, de crainte et d'émerveillement, de calme et de sérénité. Vous vous sentez immergé dans une atmosphère pleine de sens, dans une dimension où chaque détail, chaque geste, chaque mot, prend une signification profonde. Ne serait-ce pas merveilleux de pouvoir créer un tel espace pour votre massage tantrique ?

Dans ce chapitre, nous allons explorer la magie du rituel et la façon dont nous pouvons l'utiliser pour créer un espace sacré pour le massage tantrique. Mais avant cela, laissez-moi vous poser une question : pourquoi pensez-vous qu'il est important de créer un espace sacré pour la pratique du massage tantrique ?

La réponse est simple et profonde à la fois : parce que l'espace dans lequel nous pratiquons le massage tantrique n'est pas seulement un lieu physique, c'est aussi un espace de conscience, un espace de rencontre, un espace de transformation.

C'est pourquoi il est essentiel de créer un espace qui invite à la relaxation, à la présence, à l'intimité, à l'abandon, à l'exploration et au plaisir. Un espace qui nous permet de nous éloigner de l'agitation et du bruit du monde extérieur, pour entrer dans le silence et le calme de notre monde intérieur. Un espace qui nous permet de nous connecter avec nous-mêmes, avec notre partenaire, avec le moment présent, avec l'énergie de la vie.

Dans la tradition tantrique, la création de cet espace sacré est un art et une science en soi. Elle implique l'utilisation de divers éléments symboliques, rituels et techniques, qui nous aident à changer notre perception et à approfondir notre expérience du massage tantrique. Mais avant d'aborder ces aspects pratiques, j'aimerais vous inviter à réfléchir à la nature même du rituel.

Qu'est-ce qu'un rituel, pourquoi est-il si puissant, comment peut-il nous aider à créer un espace sacré ?

Pour répondre à ces questions, je citerai Joseph Campbell, expert renommé en mythologie et auteur du "Héros aux mille visages" (1949). Selon Campbell, "un rituel est la représentation d'un mythe. En participant au rituel, vous participez au mythe. Et comme le mythe est lié à la structure fondamentale de la réalité, vous participez à la réalité".

Cette idée est fondamentale pour comprendre la magie du rituel dans le massage tantrique. En effet, lorsque nous accomplissons un rituel, nous ne nous contentons pas d'accomplir des actions dénuées de sens. Nous participons à un mythe, à une histoire sacrée, à un voyage de transformation. Nous participons à la réalité elle-même, à la danse sacrée de l'énergie et de la conscience, à la révélation et à la célébration de la vie dans sa plénitude.

Maintenant que nous avons une meilleure compréhension de ce qu'est un rituel, voyons comment nous pouvons créer notre propre rituel pour le massage tantrique. À cet égard, j'aimerais citer Carl Jung, le célèbre psychiatre et psychologue suisse, l'un des grands penseurs du XXe siècle. Dans son ouvrage "L'homme et ses symboles" (1964), Jung souligne que "les rituels, comme les symboles, sont aussi anciens que l'homme lui-même et imprègnent tous les aspects de la vie humaine".

Comment cela se reflète-t-il dans notre pratique du massage tantrique ? La première façon, et peut-être la plus évidente, d'incorporer le rituel dans le massage tantrique est de créer un environnement physique propice. Il peut s'agir de choisir avec soin un endroit calme et privé, de créer un environnement faiblement éclairé, éventuellement par des bougies, d'utiliser de l'encens ou des huiles essentielles pour stimuler les sens, de préparer une surface confortable pour le massage, etc.

La préparation de cet environnement physique n'est pas seulement une question d'esthétique ou de confort, mais une façon d'exprimer notre respect et notre révérence pour nous-mêmes, pour notre partenaire et pour l'acte sacré de donner et de recevoir un massage tantrique. Je vous encourage donc à consacrer du temps et de l'attention à la création de votre espace sacré pour le massage tantrique.

Mais le rituel du massage tantrique ne se limite pas à la préparation de l'espace physique. Il comprend également une série d'actions et de gestes symboliques qui nous aident à accorder notre esprit et notre corps à l'énergie du moment présent. Il peut s'agir d'une méditation ou d'un exercice de respiration au début du massage, de l'utilisation de mantras ou d'affirmations positives, de la définition d'une intention pour le massage, de l'exécution de certains mouvements ou gestes des mains avant le début du massage, etc.

Ces actions et gestes symboliques nous aident à nous connecter à l'énergie du moment présent et à approfondir notre expérience du massage tantrique. Mais vous êtes-vous déjà demandé pourquoi ces rituels sont si puissants ?

Pour répondre à cette question, je citerai Mircea Eliade, éminent historien des religions et auteur du "Mythe de l'éternel retour" (1949). Selon Eliade, "un rituel ouvre un "aujourd'hui sacré", une discontinuité temporelle qui permet à l'individu de revivre le "temps mythique", le "temps primordial", le "temps profond"".

En d'autres termes, les rituels nous permettent de nous connecter à une dimension de la réalité qui va au-delà du temps et de l'espace ordinaires, une dimension où nous pouvons faire l'expérience de la plénitude de la vie et de la profondeur de notre être. Je vous encourage donc à intégrer le rituel dans votre pratique du massage tantrique et à explorer son pouvoir de transformation.

Mais qu'en est-il si vous n'avez jamais pratiqué de rituel auparavant, et comment pouvez-vous incorporer ces éléments dans votre pratique du massage tantrique d'une manière significative ? Permettez-moi de vous donner un exemple pratique pour illustrer cela.

Imaginez que vous vous préparez à donner un massage tantrique à votre partenaire. Vous avez créé un environnement physique propice : vous avez choisi un endroit calme et privé, vous avez créé un environnement faiblement éclairé par des bougies, vous avez préparé une surface confortable pour le massage, vous avez utilisé de l'encens et des huiles essentielles pour stimuler les sens.

Mais avant de commencer le massage, vous décidez d'effectuer un rituel pour accorder votre esprit et votre corps au moment présent. Vous vous asseyez dans une position confortable, fermez les yeux et commencez à respirer consciemment et profondément. Vous prenez conscience de la sensation de l'air qui entre et sort de vos poumons, de la sensation de votre corps en contact avec le sol, de la sensation de l'énergie qui circule dans votre corps.

Ensuite, vous commencez à répéter un mantra dans votre esprit. Ce mantra peut être un mot ou une phrase qui a une signification particulière pour vous, comme "Amour", "Paix", "Harmonie", "Unité", "Conscience", "Vie". En répétant le mantra, vous remarquez que votre esprit devient plus calme et plus centré, que votre corps se détend et se sent plus vivant, que votre cœur s'ouvre et se remplit d'amour et de gratitude.

Enfin, vous définissez une intention pour le massage. L'intention peut être tout ce que vous souhaitez pour vous et votre partenaire, par exemple : "Que ce massage apporte guérison et relaxation", "Que ce massage nous permette de nous connecter à un niveau plus profond", "Que ce massage nous ouvre à l'expérience de l'extase et de l'unité". Lorsque vous définissez l'intention, vous ressentez un profond sentiment d'objectif et d'engagement, d'ouverture et d'abandon, d'anticipation et de joie.

C'est ainsi que vous pouvez incorporer un rituel dans votre pratique du massage tantrique. Comme vous pouvez le constater, il ne s'agit pas d'accomplir des actions dénuées de sens ou de suivre des règles rigides. Il s'agit de créer un espace de conscience et de présence, de respect et de révérence, d'intention et de but, d'amour et d'extase. Il s'agit de participer à la danse sacrée de la vie et de la conscience, de révéler et de célébrer la beauté et la divinité qui vous habitent, vous et votre partenaire.

Permettez-moi de citer Ram Dass, célèbre psychologue et spiritualiste, auteur de "Here and Now : Journey to Spiritual Awakening" (1971). Selon Ram Dass, "le rituel est un véhicule qui transporte l'esprit".

Ainsi, cher lecteur, je vous invite à utiliser le rituel comme véhicule pour transporter votre esprit dans le voyage du massage tantrique. Je vous invite à explorer la magie du rituel et à créer votre propre espace sacré pour la pratique du massage tantrique.

Chapitre 13 : Le langage du corps : la communication non verbale dans le tantra

Lorsque vous entrez dans le monde du Tantra, vous rencontrez un nouveau langage, un langage qui va au-delà des mots. Un langage basé sur les subtilités de l'énergie, les courants émotionnels et la sagesse du corps. Il s'agit du langage corporel ou de la communication non verbale.

Vous vous demandez peut-être pourquoi la communication non verbale est si importante dans le Tantra ? Je vous invite à y réfléchir. Pensez à vos propres expériences, combien de fois avez-vous eu l'impression que les mots ne parvenaient pas à exprimer pleinement ce que vous ressentiez ou viviez ? Combien de fois avez-vous perçu une dissonance entre ce que quelqu'un dit et la façon dont il se comporte ? Combien de fois avez-vous ressenti une connexion profonde avec quelqu'un, sans avoir besoin de parler ?

Le corps a sa propre intelligence et sa propre voix, une voix qui s'exprime par le mouvement, la posture, la respiration, le regard, le toucher. Lorsque nous apprenons à écouter et à parler ce langage du corps, nous pouvons établir une connexion plus profonde et plus authentique avec nous-mêmes et avec les autres. Dans le contexte du massage tantrique, la communication non verbale est la clé pour se mettre au diapason de l'énergie de son partenaire, pour répondre à ses besoins et à ses désirs, pour le guider et être guidé sur le chemin de l'extase.

Parmi les éléments les plus importants de la communication non verbale dans le Tantra figurent la perception sensorielle, l'empathie kinesthésique, l'intuition, la présence, l'authenticité et l'intention. Nous allons approfondir chacun de ces aspects dans ce chapitre.

Cependant, avant d'aborder ces éléments, il est essentiel de comprendre que la communication non verbale dans le Tantra n'est pas une technique que l'on peut apprendre dans un livre ou un cours. Ce n'est pas quelque chose que vous pouvez "faire" avec votre esprit. C'est quelque chose que vous devez "être" avec tout votre être. C'est un art qui exige de la sensibilité, de la réceptivité, de l'attention, de la patience, de la pratique et, surtout, de l'amour. Êtes-vous prêt à vous embarquer dans ce voyage de découverte et d'exploration ?

Je ne parle pas d'apprendre à "lire" le langage corporel au sens classique du terme. Je ne parle pas de chercher des signes et des indices, d'interpréter les gestes et les expressions, d'analyser le comportement et les réactions. Cela peut être utile dans certains contextes, mais dans le Tantra, nous recherchons quelque chose de plus profond et de plus subtil. Nous recherchons une connexion d'âme à âme, une danse énergétique, un dialogue sans mots, une communion des êtres.

Ne vous inquiétez donc pas si vous n'êtes pas un expert en langage corporel. Vous n'avez pas besoin d'être un détective ou un psychologue. Il vous suffit d'être vous-même, avec tout votre cœur et toute votre présence. Vous devez simplement être prêt à vous ouvrir à l'expérience, à ressentir l'énergie et à y répondre, à vous laisser porter par le moment, à vous abandonner à l'extase.

Êtes-vous prêt à apprendre ce nouveau langage du corps, ce langage du Tantra ? Il s'agit d'un voyage de découverte, d'exploration et, surtout, de compréhension profonde. Voyons comment la communication non verbale fonctionne réellement dans le monde du Tantra.

Tout d'abord, parlons de la perception sensorielle. Vous avez cinq sens : le toucher, la vue, l'ouïe, le goût et l'odorat. Chacun de ces sens vous permet d'interagir et de percevoir le monde de différentes manières. Mais dans la pratique du Tantra, nous nous concentrons principalement sur le toucher et la vue, l'ouïe jouant un rôle secondaire. Le toucher vous permet de percevoir les subtilités du corps de votre partenaire, les tensions et les détentes, les réponses et les résistances, les pulsations et les flux d'énergie. La vue vous permet de vous connecter à la présence, à l'énergie et à l'âme de votre partenaire. Et grâce à l'ouïe, vous pouvez vous mettre à l'écoute de la respiration de votre partenaire, des sons subtils et des silences qui vous guident tout au long du voyage.

Pour illustrer cela, rappelons les propos de Michaela Boehm dans son ouvrage " The Wild Woman's Way " (2018), où elle dit : " La sensation est le langage du corps. C'est à travers nos sensations que nous connaissons notre vérité et ce qui est réel pour nous". En d'autres termes, c'est à travers notre perception sensorielle que nous nous connectons à la réalité de notre corps et de celui des autres.

L'empathie kinesthésique est un autre élément crucial de la communication non verbale dans le Tantra. Vous souvenez-vous quand vous étiez triste et qu'un ami vous a pris dans ses bras et que, d'une certaine manière, même s'il n'a rien dit, vous avez senti qu'il comprenait votre douleur ? C'est l'empathie kinesthésique. C'est la capacité de ressentir avec son corps ce que ressent une autre personne. Dans le massage tantrique, cette empathie kinesthésique nous permet de nous mettre au diapason des sensations et des émotions de notre partenaire, afin d'y répondre de manière appropriée et authentique.

L'intuition joue également un rôle important : vous est-il déjà arrivé d'avoir un pressentiment qui s'est avéré exact ? C'est votre intuition qui est en jeu. C'est un sens intérieur qui se perd souvent dans la cacophonie de notre vie quotidienne. Mais dans le Tantra, nous donnons de l'espace à cette intuition, ce qui nous permet de nous déplacer avec fluidité et de répondre à notre partenaire d'une manière qui va au-delà de ce que nos sens physiques peuvent percevoir.

La compréhension de la présence, de l'authenticité et de l'intention joue également un rôle essentiel. Être présent, ce n'est pas seulement se trouver physiquement à un endroit, c'est aussi porter toute son attention, tout son être à ce moment-là. C'est être dans le "maintenant" et nulle part ailleurs. L'authenticité, c'est être soi-même, sans masque, sans prétention. L'intention est la force motrice de vos actions, c'est ce qui vous pousse à agir d'une manière particulière.

Alors que nous explorons chacun de ces éléments, je vous encourage à vous rappeler que la communication non verbale dans le Tantra est un art. Et comme tout art, il requiert de la pratique et de la patience. Mais au-delà de cela, elle requiert de l'amour. De l'amour pour vous-même, de l'amour pour votre partenaire et de l'amour pour l'expérience partagée.

J'aimerais partager avec vous un exemple pour illustrer ces concepts de manière plus tangible. Imaginez que vous êtes dans une séance de massage tantrique avec votre partenaire. Vous êtes pleinement présent dans la pièce, tous vos sens sont à l'écoute de votre partenaire et se concentrent sur lui. Vous observez les nuances de sa respiration, les petits mouvements de son corps, les sons subtils qu'il émet. Vous voyez les micro-expressions de son visage et sentez l'énergie qui circule entre vous. Pendant que vous faites tout cela, vous êtes également dans un état d'authenticité totale. Vous n'essayez pas d'être quelqu'un que vous n'êtes pas, vous vous abandonnez simplement à l'expérience, en faisant confiance à votre intuition et au pouvoir de votre intention d'apporter plaisir et guérison.

Au fur et à mesure de la séance, vous remarquez une légère tension dans les épaules de votre partenaire. Vous la voyez, vous la sentez sous vos mains. Au lieu de l'ignorer, vous laissez votre empathie kinesthésique s'activer. Vous ressentez la tension dans votre propre corps, en écho à la sienne. Puis, avec amour et attention, vous concentrez votre énergie sur cette zone, en la massant, en relâchant la tension jusqu'à ce que vous sentiez le corps de votre partenaire se détendre à nouveau. Voilà, mon ami, la communication non verbale en action.

C'est un langage sans mots, un échange d'énergies et d'émotions qui vous permet de vous mettre au diapason du rythme de votre partenaire d'une manière que les mots ne peuvent souvent pas exprimer. Il vous permet d'écouter, non seulement avec vos oreilles, mais avec tout votre être. Ce faisant, vous entrez en contact avec votre partenaire à un niveau profondément intime.

Dans son livre "Tantric Orgasm for Women" (2004), l'auteure Diana Richardson explique : "Le tantra est l'art d'être présent, ce qui implique de s'autoriser à être ce que l'on est en ce moment, de s'accepter tel que l'on est. C'est dans cette acceptation que nous trouvons la liberté de nous connecter aux autres de manière authentique et significative.

Je fais une pause et je vous demande de vous souvenir d'un moment où vous avez communiqué sans mots. Un regard, un toucher, un soupir qui en disait long ? Qu'avez-vous ressenti ?

Communiquer sans mots n'est pas seulement une compétence essentielle dans le Tantra, mais dans tous les aspects de notre vie. Elle nous permet d'établir des liens plus profonds et plus significatifs avec les personnes qui nous entourent, et nous aide à comprendre leurs expériences et à faire preuve d'empathie à leur égard.

La pratique du Tantra est, par essence, une danse de l'énergie. Et comme dans toute danse, nous devons apprendre à nous écouter et à répondre à nos partenaires de danse. La communication non verbale est la clé pour y parvenir. En perfectionnant cette forme de communication, nous améliorons non seulement notre pratique du tantra, mais nous nous ouvrons également à de nouvelles formes de connexion et de compréhension.

Mais n'oubliez pas que la communication non verbale n'est pas à sens unique. Si vous apprenez à lire les signaux non verbaux de votre partenaire, il est tout aussi important que vous appreniez à transmettre les vôtres. Comme le dit Margot Anand dans son ouvrage "The Art of Sexual Ecstasy" (1989), "le Tantra est une invitation à faire l'expérience de la plénitude et de la profondeur de nos propres énergies et émotions, et à les exprimer de manière authentique et courageuse". C'est un appel à être vu, ressenti et compris.

Chaque fois que vous montrez vos émotions, vos besoins, votre plaisir et votre amour à travers votre langage corporel, vous honorez votre vérité et permettez aux autres de se connecter à vous d'une manière plus profonde.

Imaginez un monde où nous apprendrions tous à communiquer de cette manière. Où l'authenticité, l'empathie et le respect constituent la base de nos interactions. Un monde où nous apprenons à nous écouter les uns les autres, à nous écouter vraiment les uns les autres, avec tout notre être. Cela semble incroyable, n'est-ce pas ? Et c'est à votre portée, cher lecteur, car cela commence par vous, par votre choix d'apprendre ce beau langage du corps et du cœur.

Je dois souligner que le chemin vers une communication non verbale efficace n'est pas toujours facile. Elle exige de la patience, de la pratique et, parfois, la volonté d'affronter nos propres insécurités et nos propres peurs. Mais je vous promets que cela en vaut la peine. Car une fois que vous aurez commencé à comprendre et à parler ce langage sans mots, vous ouvrirez la porte à une dimension de connexion et de compréhension qui dépasse les limites de la communication verbale.

Dans ce chapitre, nous avons exploré ensemble l'importance et la profondeur de la communication non verbale dans la pratique du Tantra. Nous avons exploré comment notre capacité à écouter, à ressentir et à répondre aux signaux non verbaux peut améliorer nos relations et notre compréhension de nous-mêmes et des autres. Plus important encore, je vous ai invité à vous immerger dans l'univers de la communication non verbale et à découvrir par vous-même le pouvoir et la beauté de ce langage sans paroles.

J'espère sincèrement que ce chapitre vous a incité à explorer davantage la communication non verbale dans votre propre voie tantrique. Je vous invite à intégrer dans votre pratique quotidienne les idées et les pratiques dont nous avons parlé. Et n'oubliez pas, comme toujours, que c'est en forgeant qu'on devient forgeron.

Si vous êtes prêt à poursuivre sur la voie de la découverte et de la transformation, j'ai hâte de vous retrouver dans le prochain chapitre. Nous y explorerons comment le Tantra peut être un outil puissant de guérison émotionnelle. Nous découvrirons comment un toucher conscient et aimant peut aider à libérer de vieux traumatismes et nous ouvrir à de nouvelles possibilités d'amour, de connexion et de joie.

Je ressens un picotement d'impatience alors que nous nous préparons à franchir la prochaine étape de notre voyage. Le ressentez-vous aussi, êtes-vous prêt à explorer davantage les mystères du Tantra et à libérer le pouvoir de guérison du toucher ? Alors rejoignez-moi, chère amie, et faisons ce pas ensemble.

Chapitre 14 : Guérir par le toucher : le massage tantrique et la santé émotionnelle

Avez-vous déjà ressenti à quel point une simple étreinte peut vous réconforter dans les moments de tristesse ? Avez-vous ressenti le soulagement d'un doux massage des épaules après une journée stressante ? Avez-vous remarqué à quel point votre cœur semble fondre lorsque quelqu'un que vous aimez vous tient la main dans un moment de détresse ? Tout cela n'est pas le fruit du hasard, mon ami.

Le toucher a un pouvoir de guérison extraordinaire, que nous sous-estimons souvent dans notre société obsédée par les mots et les explications rationnelles. Et si nous pouvions apprendre à toucher d'une manière qui transmette l'amour, l'acceptation et la compassion, qui puisse aider à guérir les vieilles blessures et à libérer les blocages émotionnels ? Et si le massage tantrique, une pratique qui combine le pouvoir du toucher conscient avec les enseignements spirituels du Tantra, était une porte d'entrée vers cette possibilité ?

Parlons-en.

Le massage tantrique, comme vous l'avez appris dans les chapitres précédents, est bien plus qu'une technique de massage. Il s'agit d'une pratique spirituelle, d'un chemin vers la conscience de soi et la transformation personnelle. C'est une forme de communication, un langage du corps qui transcende les mots. Mais c'est aussi, et c'est ce qui nous intéresse dans ce chapitre, un outil puissant pour la santé émotionnelle.

Pourquoi est-ce si important ?

Parce que nous portons tous des cicatrices émotionnelles. Certaines sont évidentes, comme la douleur d'une perte ou d'une trahison. D'autres sont cachées, comme les traumatismes oubliés de l'enfance ou les croyances limitatives que nous avons intériorisées au fil des ans. Mais elles affectent toutes notre relation à nous-mêmes, aux autres et au monde. Ils peuvent nous faire nous sentir déconnectés, seuls, piégés dans des schémas de pensée et de comportement qui nous font souffrir.

C'est là que le massage tantrique entre en jeu. En utilisant le toucher conscient, nous pouvons atteindre ces blessures émotionnelles d'une manière que les mots ne peuvent souvent pas atteindre. Nous pouvons offrir du réconfort et de la compréhension, nous pouvons aider à relâcher la tension émotionnelle stockée dans le corps, nous pouvons ouvrir un espace pour que la personne se sente vue, acceptée et aimée.

Mais comment cela fonctionne-t-il exactement, comment un simple toucher peut-il atteindre notre psyché et favoriser la guérison émotionnelle, et comment pouvez-vous apprendre à toucher de cette manière ?

Je vous invite à me rejoindre dans ce voyage d'exploration. Ensemble, nous plongerons dans les secrets du toucher thérapeutique, nous découvrirons comment le massage tantrique peut nous aider à nous libérer de vieux traumatismes et nous ouvrir à de nouvelles possibilités d'amour, de connexion et de joie.

Êtes-vous prêt à commencer ?

Nous y voilà !

Maintenant, mon ami, réfléchis un instant à ce que tu ressens lorsque tu te touches. Je ne parle pas d'une caresse désinvolte ou d'un geste automatique, mais d'un toucher conscient et présent. Peut-être placez-vous votre main sur votre poitrine lorsque vous êtes excité, ou massez-vous vos tempes lorsque vous êtes stressé. Peut-être vous frottez-vous les mains l'une contre l'autre lorsque vous êtes nerveux ou vous caressez votre bras lorsque vous êtes triste. Vous êtes-vous déjà arrêté pour réfléchir à la raison pour laquelle vous faites cela ?

Dans notre culture, on nous apprend souvent à réprimer nos émotions, à être forts et à "garder notre sang-froid". Mais notre corps possède une sagesse inhérente, une capacité intuitive à rechercher le confort et le soulagement par le toucher. Et souvent, lorsque nous nous autorisons ce simple geste de réconfort, nous ressentons un profond sentiment de calme et de soulagement. L'avez-vous remarqué ?

C'est le pouvoir du toucher conscient, un pouvoir que nous portons tous en nous et que nous pouvons apprendre à utiliser de manière plus intentionnelle et plus curative. Et il ne se limite pas à l'auto-guérison, nous pouvons également l'étendre aux autres, par le biais du massage tantrique.

La psychologie moderne et les neurosciences nous donnent quelques indices sur la manière dont cela fonctionne. Par exemple, Phyllis Davis, thérapeute du toucher et auteur, explique dans son livre "Touch Therapy" (2002) que le toucher peut aider à réguler notre système nerveux, à soulager le stress et à augmenter la production d'hormones telles que l'ocytocine, souvent appelée "hormone de l'amour".

D'autres études, comme celle de la psychologue Tiffany Field et de ses collègues du Touch Research Institute de l'université de Miami, ont montré que le toucher peut contribuer à réduire la douleur, à améliorer l'humeur et même à renforcer le système immunitaire.

Bien que cette recherche ne porte pas spécifiquement sur le massage tantrique, elle fournit un cadre scientifique qui nous aide à comprendre comment cette pratique peut favoriser la santé émotionnelle.

Mais au-delà des mécanismes physiologiques, il y a la dimension spirituelle et émotionnelle du toucher conscient. Dans son livre "The Body Keeps the Score" (2014), le psychiatre Bessel van der Kolk explique comment les traumatismes peuvent s'"imprimer" dans notre corps, et comment les techniques impliquant le corps et le toucher, comme le massage tantrique, peuvent aider à libérer ces traumatismes et à favoriser la guérison.

Le massage tantrique nous offre une façon de toucher et d'être touché qui va au-delà du purement physique. Il nous permet de communiquer et de recevoir de l'amour, de la compassion et de l'acceptation. Il nous permet de nous reconnecter à notre corps et à nos émotions, et de nous ouvrir à des expériences d'intimité et de connexion profondes.

Ainsi, vous voyez, le massage tantrique n'est pas seulement une technique. C'est une pratique qui nous emmène dans un voyage au cœur de notre humanité, dans un lieu d'empathie et de compassion profondes. Un lieu où nous pouvons guérir et être guéris. Et, au cours de ce voyage, nous apprenons également à guérir les autres, à toucher les autres d'une manière qui honore et célèbre leur humanité, leur vulnérabilité et leur divinité. N'est-ce pas magnifique, mon ami ?

Vous vous demandez peut-être comment tout cela se traduit dans la pratique, à quoi ressemble un massage tantrique qui favorise la santé émotionnelle ?

Je vais vous dire une chose, ce n'est pas si différent de toute autre forme de massage en ce qui concerne la technique. Mais en termes d'intention et de présence, c'est un monde à part.

Imaginez que vous donnez un massage tantrique à votre partenaire. Vous êtes tous deux nus, dans un espace que vous avez préparé ensemble, rempli d'une lumière douce, de parfums agréables et d'une musique relaxante. Vous avez passé les dernières minutes à vous concentrer sur votre respiration, à vous mettre à l'écoute de votre corps et à vous connecter à un sentiment d'amour et de compassion.

Ensuite, avec le plus grand soin et la plus grande révérence, vous commencez à toucher le corps de votre partenaire. Mais il ne s'agit pas d'un toucher automatique et impersonnel. C'est un toucher qui dit : "Je te vois, je t'honore, je suis là pour toi. Je t'honore, je suis là pour toi". Un toucher qui est pleinement présent, pleinement axé sur l'ici et le maintenant.

Lorsque vos mains se déplacent sur le corps de votre partenaire, vous êtes conscient de chaque sensation, de chaque réaction. Vous la regardez se tendre ou se détendre sous vos mains. Vous sentez comment sa respiration change, comment son corps s'ouvre ou se ferme à votre contact.

Et à chaque instant, vous êtes là, présent, connecté, aimant. Il n'y a pas de précipitation. Il n'y a pas d'objectif. Juste l'acte sacré de toucher et d'être touché.

Mais un massage tantrique est aussi un dialogue, une communication non verbale que nous avons explorée au chapitre 13. Et comme dans tout dialogue, il est important d'écouter. Vous écoutez donc. Vous écoutez avec vos mains, avec votre corps. Vous écoutez les signaux que vous envoie le corps de votre partenaire. Et vous y répondez, en ajustant votre toucher, votre pression, votre rythme, en fonction de ce dont vous sentez que votre partenaire a besoin et veut à ce moment-là.

Ainsi, un massage tantrique est, par essence, une pratique de la pleine conscience, de la présence et de l'amour. Grâce à cette pratique, nous pouvons ouvrir un espace de guérison, un espace où le donneur et le receveur peuvent explorer et libérer les émotions, les traumatismes et les blocages qui peuvent être stockés dans leur corps.

Je pourrais vous donner d'autres exemples, mais je pense que celui-ci vous donne une idée de ce que signifie donner et recevoir un massage tantrique. Et je vous assure qu'il n'y a rien de tel que l'expérience directe.

Alors pourquoi ne pas essayer ? Dans le prochain chapitre, je vous guiderai à travers quelques techniques et séquences de massage tantrique que vous pourrez pratiquer. Mais pour l'instant, je vous invite simplement à réfléchir à ce que nous avons abordé dans ce chapitre. Et, peut-être, à l'explorer un peu par vous-même. Après tout, le chemin vers le cœur du massage tantrique commence toujours par un simple pas.

Ecoutez, la vérité est que parfois nous pouvons nous sentir un peu intimidés lorsque nous commençons quelque chose de nouveau, en particulier quelque chose d'aussi intime et profond que le massage tantrique. Mais je t'assure, mon ami, qu'il n'y a rien à craindre. Au contraire, il y a tant à découvrir, tant à explorer, tant à apprécier....

Vous n'avez pas besoin d'être un expert, vous n'avez pas besoin d'avoir une expérience préalable. Tout ce dont vous avez besoin, c'est d'un cœur disposé à apprendre et à s'ouvrir, et d'un corps disposé à ressentir et à se laisser aller. Et, bien sûr, d'un peu de conseils, ce que je vous offrirai précisément dans le chapitre suivant.

Dans le chapitre 15, j'entrerai dans le détail des techniques et séquences spécifiques que vous pouvez utiliser dans le massage tantrique. Je vous montrerai comment vous pouvez utiliser vos mains, vos doigts, votre corps tout entier, pour toucher et déplacer l'énergie d'une manière qui peut conduire à la guérison et à l'extase. Je vous montrerai comment créer un espace sûr et sacré pour votre pratique, comment communiquer avec votre partenaire pour que l'expérience soit enrichissante pour tous les deux, et comment prendre soin de vous pour pouvoir continuer à donner et recevoir avec joie et amour.

Et surtout, je vous rappellerai encore et encore que le massage tantrique n'est pas tant une question de technique que de présence, d'attention, d'intention. Parce qu'en fin de compte, ce qui guérit et transforme n'est pas le toucher lui-même, mais l'amour et la compassion avec lesquels vous touchez.

Alors, êtes-vous prêt à aller de l'avant ? Êtes-vous prêt à vous embarquer dans ce merveilleux voyage de découverte de soi et d'épanouissement ? Êtes-vous prêt à faire l'expérience de la magie du massage tantrique pour vous-même ?

Je vous promets que cela en vaut la peine, non seulement pour le plaisir et la joie que cela peut apporter à votre vie, mais aussi pour la guérison et la transformation profondes que cela peut faciliter. Et n'oubliez pas que je suis toujours là pour vous, que je vous accompagne à chaque étape du processus.

Je vous encourage donc à aller de l'avant avec courage, curiosité et ouverture. Laissez l'anticipation vous remplir d'excitation, mais laissez aussi la paix vous envelopper de son étreinte chaleureuse. Car vous êtes sur le point d'entrer dans un espace d'amour, de guérison, de croissance. Un espace où vous pouvez être vous-même, où vous pouvez être vulnérable, où vous pouvez être authentiquement humain.

Et n'oubliez jamais que le véritable voyage ne se fait pas vers l'extérieur, mais vers l'intérieur. Alors, continuez, allez de l'avant. J'ai hâte de vous retrouver dans le prochain chapitre. À bientôt, mon ami.

Chapitre 15 : Techniques et séquences de massage tantrique : un voyage à travers le corps

Vous êtes-vous déjà demandé pourquoi les câlins sont si agréables ? Pourquoi, lorsque nous sommes tristes, angoissés ou simplement en quête de réconfort, le toucher humain a un tel effet apaisant et curatif ? Avez-vous déjà réfléchi à la façon dont le toucher peut communiquer tant de choses, de l'amour et de la tendresse au désir et à la passion ?

C'est la magie du toucher, et c'est le pouvoir du massage tantrique. Car le massage tantrique n'est pas simplement une série de mouvements et de techniques ; c'est une manière de communiquer, une manière de se connecter, une manière de toucher et d'être touché qui va bien au-delà de la peau.

Pourquoi est-il important d'apprendre les techniques et séquences de massage tantrique ? Ne suffit-il pas de se laisser guider par l'intuition, l'amour, le désir ?

S'il est vrai que l'intuition, l'amour et le désir sont des composantes fondamentales du massage tantrique, il est également vrai que la connaissance et la pratique de certaines techniques et séquences peuvent améliorer et enrichir l'expérience. Elles vous permettront de déplacer et de manipuler l'énergie de manière plus efficace, vous aideront à éviter les blessures ou l'inconfort, et vous donneront plus de confiance et d'habileté dans vos interactions.

Pensez-y de la manière suivante : si vous apprenez à jouer d'un instrument de musique, n'est-il pas utile de connaître les notes, les accords, les gammes ? N'est-il pas utile d'apprendre à tenir l'instrument, à bouger les mains, à respirer ? Il en va de même pour le massage tantrique. En apprenant les techniques et les séquences, vous apprenez le langage du toucher, vous apprenez à jouer de l'instrument le plus merveilleux et le plus complexe qui soit : le corps humain.

Ainsi, comme lorsque vous jouez de la musique, il ne s'agit pas seulement des notes que vous jouez, mais de la façon dont vous les jouez, de l'intention et de l'émotion que vous mettez dans chaque mouvement, chaque geste. Ainsi, lorsque je vous enseignerai ces techniques et ces séquences, je vous rappellerai toujours que le cœur du massage tantrique n'est pas dans les mains, mais dans le cœur.

Tout au long de ce chapitre, je vous guiderai à travers les différents aspects du massage tantrique, y compris la préparation au massage, les techniques de toucher, le déroulement du massage et la manière de gérer les émotions ou les énergies qui peuvent surgir pendant le massage. Je vous donnerai des outils et des conseils pratiques que vous pourrez utiliser immédiatement. Et, bien sûr, je vous montrerai comment tout cela s'articule et s'entrelace avec ce que nous avons déjà abordé dans les chapitres précédents.

Alors, êtes-vous prêt à vous embarquer dans ce fascinant voyage à travers le corps ? Êtes-vous prêt à découvrir de nouvelles façons de toucher, de vous connecter, d'aimer ? Car, je vous le promets, ce que vous apprendrez dans ce chapitre vous surprendra et vous émerveillera. Et non seulement cela, mais cela changera profondément la façon dont vous expérimentez et comprenez le toucher humain, l'amour et le désir. Car, après tout, c'est bien de cela qu'il s'agit dans le massage tantrique : élargir nos perceptions, défier nos limites, s'éveiller à une nouvelle façon d'être et d'entrer en relation.

Vous connaissez peut-être déjà certaines des techniques de massage tantrique que nous allons explorer ici. Certaines d'entre elles sont basées sur des pratiques anciennes, transmises de génération en génération, d'enseignant à élève, d'amant à amant. D'autres sont issues de disciplines modernes, telles que la kinésithérapie, l'ostéopathie et la chiropraxie, qui ont étudié le corps humain selon une approche scientifique et médicale.

Par exemple, la technique de la "conscience du souffle", enseignée dans de nombreuses traditions tantriques, présente des parallèles frappants avec les techniques de respiration diaphragmatique utilisées en physiothérapie pour améliorer la capacité pulmonaire, la circulation et la relaxation. De même, la "pulsation énergétique", utilisée dans les massages tantriques pour déplacer et libérer l'énergie, a beaucoup en commun avec les techniques de mobilisation des articulations utilisées en ostéopathie et en chiropraxie.

En fait, le célèbre ostéopathe et physiothérapeute britannique Leon Chaitow, dans son livre "Soft Tissue Manipulation : A Practitioner's Guide to the Diagnosis and Treatment of Soft Tissue Dysfunction and Reflex Activity" (1980), explique comment les techniques douces de manipulation des tissus, lorsqu'elles sont appliquées correctement, peuvent avoir des effets profonds sur le système nerveux et sur la libération des émotions refoulées, une affirmation qui s'aligne parfaitement sur les enseignements du tantra.

Une autre technique tantrique qui vous est peut-être familière est la "polarisation énergétique", qui est une façon de jouer et d'expérimenter avec les énergies masculines et féminines dans le corps. Cette technique fait écho à la théorie de la polarité, développée par le Dr Randolph Stone dans les années 1940, qui parle également de l'importance de l'équilibre entre les énergies masculines et féminines pour la santé et le bien-être.

Mais le massage tantrique n'est pas seulement un ensemble de techniques et de théories issues de différentes disciplines. Il a sa propre philosophie et ses propres principes, qui sont basés sur la compréhension tantrique de l'énergie et de la conscience. Ainsi, tout en vous présentant ces techniques et séquences, je vous parlerai également de la vision tantrique qui les sous-tend, de la façon dont chaque mouvement, chaque geste, chaque toucher peut être une forme de méditation, une forme d'adoration, une forme d'union.

Car, rappelez-vous, le massage tantrique n'est pas seulement une pratique physique, c'est une pratique spirituelle. C'est une façon de toucher le corps pour atteindre l'âme. C'est une façon d'éveiller l'énergie pour atteindre la conscience. C'est une façon de célébrer et d'honorer la vie dans toutes ses dimensions et expressions.

Laissez-moi donc vous emmener en voyage, un voyage à travers les collines et les vallées de votre corps, un voyage à travers les courants et les marées de votre énergie, un voyage à travers les secrets et les mystères de votre être. Et, au cours de notre voyage, je vous montrerai comment chaque étape de ce voyage, chaque technique et séquence de massage tantrique, peut être une porte d'entrée vers un nouveau monde de connaissances et d'expériences.

Nous commencerons par la "préparation au massage", un aspect souvent négligé mais crucial du massage tantrique. Je vous enseignerai comment nettoyer et énergiser votre espace, comment accorder et réchauffer votre corps, comment invoquer et canaliser votre intention. À ce stade, vous vous souvenez peut-être du chapitre 12, où nous avons parlé de " La magie du rituel : créer un espace sacré ". Nous allons maintenant transposer ces concepts à un niveau plus pratique et tangible.

Nous passerons ensuite aux "techniques de toucher", où je vous montrerai comment vos mains peuvent devenir des instruments d'amour et de guérison. Je vous apprendrai à jouer avec conscience et présence, à jouer avec sensibilité et respect, à jouer avec passion et tendresse. Vous apprendrez à varier la pression et la vitesse, à utiliser différentes parties de vos mains, à suivre et à guider la respiration. Je vous apprendrai à "écouter" avec vos mains, à vous mettre à l'écoute des signaux subtils du corps et de l'énergie. Vous vous souviendrez peut-être du chapitre 2, où nous avons exploré "L'alchimie du toucher : de la peau à l'âme", et vous réaliserez à quel point ce que nous apprenons maintenant est enraciné dans ce que vous avez appris auparavant.

Ensuite, nous passerons à la "séquence de massage", où vous apprendrez à bouger et à circuler dans le corps comme un danseur, comme un musicien, comme un poète. Je vous apprendrai à créer un rythme et un flux, à passer d'une zone du corps à l'autre, à mélanger différentes techniques et différents styles. Vous apprendrez à travailler avec les chakras, ces centres d'énergie dont nous avons parlé au chapitre 10, et comment chaque chakra peut être stimulé et équilibré par le massage.

Enfin, nous aborderons la gestion de "l'énergie et des émotions" qui peuvent survenir pendant le massage. Je vous donnerai des conseils et des outils pour gérer l'excitation, la libération, la vulnérabilité, l'intimité. Je vous montrerai comment le massage tantrique peut être un espace sûr pour explorer et exprimer vos émotions et vos désirs, et comment il peut être un outil puissant de guérison et de transformation. Si vous repensez au chapitre 14, où nous avons parlé de " Guérir par le toucher : le massage tantrique et la santé émotionnelle ", vous vous rendrez compte à quel point cet aspect du massage tantrique s'aligne sur cette compréhension.

Laissez-moi vous donner un exemple concret de la façon dont tout cela peut être intégré dans une séance de massage tantrique.

Imaginez que vous préparez l'espace pour le massage. Nettoyez la pièce, allumez quelques bougies, mettez de la musique douce. Assurez-vous que la température est confortable et qu'il y a suffisamment d'oreillers et de couvertures. Prenez ensuite un moment pour vous mettre à l'écoute de vous-même, pour respirer profondément et pour fixer votre intention. Vous pouvez répéter à voix basse ou dans votre tête quelque chose comme : "Mon intention est de jouer avec amour, respect et conscience.

Imaginez maintenant que votre partenaire est allongée devant vous, le corps nu et vulnérable, et qu'elle vous fait entièrement confiance. Commencez par toucher doucement ses pieds, puis remontez lentement le long de ses jambes, de ses cuisses, de son bassin. N'oubliez pas de varier la pression et la vitesse, de suivre et de guider sa respiration. Observez comment son corps réagit à votre toucher, comment son énergie circule et change.

Puis il continue avec le torse, les bras, le cou. Enfin, il en vient au visage, en touchant doucement ses joues, ses lèvres, son front. Tout en faisant cela, gardez votre esprit et votre cœur ouverts, gardez votre attention sur le présent, sur chaque sensation, sur chaque émotion.

À un moment donné, vous sentirez peut-être une émotion intense ou une énergie puissante émerger, peut-être verrez-vous des larmes dans ses yeux ou entendrez-vous un profond soupir. À ce moment-là, respirez avec lui, maintenez votre présence et votre compassion, en vous rappelant que vous lui offrez un espace sûr pour s'exprimer et se libérer.

Enfin, terminez le massage par une séquence d'effleurements lents et doux, comme une berceuse pour son corps et son âme. Laissez-le se reposer, laissez-le intégrer tout ce qu'il a vécu. En attendant, soyez silencieusement reconnaissant de l'opportunité de partager ce voyage, de toucher et d'être touché, d'aimer et d'être aimé.

Voyez-vous comment le massage tantrique peut être bien plus qu'un ensemble de techniques et de séquences ? Voyez-vous comment il peut être un chemin de connexion et de transformation, d'amour et d'extase ? Au fond, le massage tantrique est un art, une danse, une méditation, une prière.

Nous avons voyagé ensemble tout au long de ce chapitre, explorant les merveilles du massage tantrique. Nous avons découvert la préparation au massage, les techniques de toucher, le déroulement du massage et la gestion de l'énergie et des émotions. Nous avons vu comment chacun de ces aspects est important et comment ils s'entremêlent pour créer une expérience profonde et transformatrice.

Dans notre prochain chapitre, nous nous pencherons sur un concept fascinant et puissant, la "synthèse des opposés" : Intégration et équilibre". Nous explorerons comment le massage tantrique peut nous aider à intégrer et à équilibrer nos polarités intérieures, nos lumières et nos ombres, notre masculin et notre féminin.

Chapitre 16 : La synthèse des opposés : Intégration et équilibre

Avez-vous déjà eu l'impression d'avoir en vous deux parties contradictoires qui se battent l'une contre l'autre ? Avez-vous déjà souhaité pouvoir intégrer ces parties et trouver un équilibre ? Si c'est le cas, vous êtes au bon endroit.

Les enseignements du Tantra nous disent que nous portons tous en nous un soleil et une lune, un yin et un yang, une énergie masculine et une énergie féminine. Ces énergies n'ont rien à voir avec notre sexe physique, ce sont des énergies universelles que nous portons tous en nous, que nous soyons homme ou femme. Dans la tradition tantrique, ces énergies sont considérées comme complémentaires et non comme opposées. Chacune a ses propres qualités et fonctions, et toutes deux sont nécessaires à notre santé et à notre bien-être.

L'énergie masculine, également connue sous le nom de Shiva, est associée à la conscience, à la présence, à la stabilité, à la direction. C'est le ciel, c'est la montagne, c'est le feu qui éclaire et réchauffe. L'énergie féminine, aussi appelée Shakti, est associée à l'énergie, à la créativité, à la sensibilité, au mouvement. C'est la terre, c'est la rivière, c'est l'eau qui nourrit et purifie.

Lorsque ces énergies sont en équilibre, nous nous sentons complets, entiers, en paix. Notre esprit est clair, notre corps est dynamique, notre cœur est ouvert. Mais lorsque ces énergies sont déséquilibrées, nous pouvons nous sentir confus, instables, insatisfaits. Nous pouvons avoir l'impression de lutter contre nous-mêmes, d'essayer de combler un vide que nous ne pouvons pas nommer.

C'est là que le massage tantrique entre en jeu. Grâce à son approche holistique et intégrale, le massage tantrique nous aide à équilibrer et à synthétiser nos énergies intérieures, à intégrer nos polarités et à embrasser notre plénitude. Au lieu de juger ou de réprimer nos contradictions intérieures, le massage tantrique nous invite à les accepter, à les explorer et à danser avec elles.

Je vous invite donc à me rejoindre dans ce voyage d'intégration et d'équilibre, de synthèse et d'union. Je vous invite à découvrir comment le massage tantrique peut vous aider à vous réconcilier avec vous-même, à trouver la paix intérieure, à connaître l'extase d'être pleinement vous-même.

Êtes-vous prêt à entreprendre ce voyage de découverte et de transformation de soi ? Êtes-vous prêt à libérer le potentiel illimité qui est en vous ? Alors faisons ensemble le premier pas sur ce chemin de l'intégration et de l'équilibre, de la synthèse des opposés.

Dans la section suivante, nous allons explorer quelques enseignements et pratiques profonds qui vous aideront à comprendre et à équilibrer vos énergies intérieures, à intégrer vos polarités et à vivre à partir d'un lieu de plénitude et d'harmonie. Je partagerai avec vous quelques secrets et techniques issus des anciennes traditions tantriques qui ont été transmises de génération en génération, par des enseignants et des disciples, depuis l'aube de la civilisation.

Carl Jung, l'un des psychologues les plus influents du XXe siècle, a parlé de ces énergies complémentaires dans ses ouvrages. Dans son livre "Les archétypes et l'inconscient collectif" (1959), il mentionne que chaque individu possède un aspect féminin et un aspect masculin, qu'il appelle respectivement anima et animus. Jung pensait que pour atteindre une véritable plénitude, une personne devait reconnaître et équilibrer ces deux énergies en elle.

Le plus intéressant est que cette idée d'intégration des opposés n'est pas seulement théorique, mais peut être vécue de manière pratique et tangible. Je vous propose un exercice : fermez les yeux un instant et imaginez que vous êtes au sommet d'une montagne. Vous sentez la fermeté et la stabilité de la roche sous vos pieds, l'air frais et pur qui remplit vos poumons. C'est l'énergie de Shiva, l'énergie masculine, qui apporte structure, clarté et direction.

Imaginez maintenant que vous vous trouvez au milieu d'une rivière impétueuse. Vous pouvez sentir l'écoulement de l'eau autour de vous, le rythme constant et changeant du courant, c'est l'énergie de Shakti, l'énergie féminine, qui apporte le mouvement, la sensibilité et la créativité. C'est l'énergie de Shakti, l'énergie féminine, qui apporte le mouvement, la sensibilité et la créativité. Pouvez-vous sentir la différence entre ces deux énergies ? Pouvez-vous sentir à quel point elles sont toutes deux essentielles à votre bien-être et à votre épanouissement ?

Vous rendez-vous compte que, même dans la vie de tous les jours, nous dansons constamment entre ces deux énergies ? Lorsque nous travaillons sur un projet, nous avons besoin de l'énergie de Shiva pour rester concentrés et dirigés. Mais nous avons également besoin de l'énergie de Shakti pour rester flexibles et ouverts aux nouvelles idées.

Dans la prochaine partie, nous approfondirons la manière d'intégrer et d'équilibrer ces énergies grâce au massage tantrique. Je vous enseignerai quelques techniques puissantes que vous pourrez utiliser pour harmoniser vos énergies intérieures et faire l'expérience d'un plus grand niveau de bien-être et d'épanouissement. N'oubliez pas que nous faisons ce voyage ensemble. Vous êtes mon compagnon de voyage sur ce chemin de découverte et de transformation, et je suis là pour vous soutenir à chaque étape. Alors, êtes-vous prêt à continuer ?

Bien sûr, intégrer et équilibrer ces oppositions n'est pas une tâche facile. Cela demande du temps, de la patience et surtout une profonde connaissance de soi. Mais ne vous inquiétez pas, nous ferons ensemble les pas nécessaires sur ce chemin.

Comme l'a expliqué Joseph Campbell, célèbre mythologue, écrivain et enseignant, dans son ouvrage "Le héros aux mille visages" (1949), nous menons tous, tout au long de notre vie, une "quête du héros", une quête d'équilibre et de plénitude. A ce stade de notre voyage tantrique, cette quête nous conduit à la synthèse des opposés, à l'intégration et à l'équilibre de Shiva et de Shakti en nous.

Comment y parvenir grâce au massage tantrique ? Laissez-moi vous présenter une technique. Imaginez que vous commencez une séance de massage tantrique. Vous avez créé un espace sacré, vous avez fixé une intention et vous avez commencé à respirer profondément, en synchronisant votre respiration avec celle de votre partenaire. Maintenant, tout en appliquant les techniques de massage dont nous avons parlé dans les chapitres précédents, commencez à visualiser les énergies de Shiva et de Shakti en vous.

En inspirant, imaginez que l'énergie de Shiva monte de la base de votre colonne vertébrale jusqu'au centre de votre front, le troisième œil. En expirant, imaginez que l'énergie de Shakti descend du centre de votre front jusqu'à la base de votre colonne vertébrale. En continuant ce cycle respiratoire, imaginez que ces deux énergies se rencontrent et s'entrelacent au centre de votre cœur, créant un tourbillon d'énergie.

Cet exercice, qui est une variante de la méditation kundalini, vous permettra de faire l'expérience de la synthèse des opposés d'une manière très réelle et tangible. Il vous aidera à ressentir l'union des énergies masculines et féminines en vous, favorisant ainsi une meilleure intégration et un meilleur équilibre.

Je vous invite à essayer cet exercice lors de votre prochaine séance de massage tantrique. Observez ce que vous ressentez avant et après : votre humeur, votre niveau d'énergie, votre sentiment de bien-être ont-ils changé ?

N'oubliez pas qu'il ne s'agit pas d'une course. Il s'agit d'apprécier le voyage, d'explorer, de découvrir, de grandir. Si, à un moment donné, vous vous sentez perdu ou confus, vous pouvez toujours revenir à ce livre, à ce chapitre, à nos conversations. Je suis là pour vous, pour vous soutenir à chaque étape.

Es-tu prêt à explorer plus profondément cette intégration et cet équilibre, prêt à t'immerger dans la synthèse des opposés

? Poursuivons notre voyage, mon ami. Votre aventure tantrique vous attend.

L'ancien texte tantrique "Vijnanabhairava Tantra" décrit plus d'une centaine de techniques permettant de réaliser la synthèse des opposés. Certaines de ces techniques font appel à la méditation, à la respiration et, bien sûr, au massage tantrique. L'intégration et l'équilibre ne sont pas simplement des concepts philosophiques ; ce sont des expériences profondément personnelles que chacun d'entre nous peut explorer dans sa vie quotidienne. Et je vous promets que le voyage en vaut la peine.

Vous souvenez-vous des énergies de Shiva et de Shakti dont nous avons parlé dans les chapitres précédents ? Nous avons mentionné que Shiva, le principe masculin, représente la conscience pure, tandis que Shakti, le principe féminin, symbolise l'énergie créatrice de l'univers. Comment vous sentez-vous lorsque vous vous souvenez de ce moment ? Ressentez-vous le bourdonnement des révélations, le frisson des découvertes ?

Ces deux opposés se retrouvent en chacun de nous, quel que soit notre sexe. Lorsque nous permettons à ces énergies de se rencontrer, de s'unir et de fusionner en nous, nous pouvons éprouver un sentiment de plénitude, d'unité et d'intégration.

La lumière de la conscience et la joie de vivre se rencontrent, dansant ensemble dans le grand théâtre de votre être" - c'est ce qu'a écrit Anodea Judith, la célèbre psychologue et auteur de "Wheels of Life" (1987), et je pense que ses mots capturent magnifiquement l'essence de ce que nous essayons de réaliser ici.

Vous avez parcouru un long chemin dans votre voyage tantrique, et il vous reste encore beaucoup à explorer. Le chapitre suivant, "La spirale ascendante : Transcender le temps et l'espace", vous emmènera encore plus loin dans votre voyage de découverte de soi et de transformation. Nous y verrons comment le massage tantrique peut vous aider à transcender les limites physiques et temporelles et à faire l'expérience d'une plus grande connexion avec l'énergie universelle.

J'ai hâte d'entamer ce nouveau chapitre du voyage avec vous. Êtes-vous prêts à continuer ? Je suis sûre que vous allez vivre une aventure extraordinaire. N'oubliez pas que chaque pas, chaque respiration, chaque contact est une occasion de croissance, de transformation, d'intégration et d'équilibre. Alors, respirez profondément, ouvrez votre cœur et préparez-vous à vivre le voyage de votre vie.

Ensemble, nous explorerons l'extase du tantra et découvrirons la beauté qui réside dans la synthèse des opposés. À bientôt dans le prochain chapitre, mon ami.

Chapitre 17 : La spirale ascendante : Transcender le temps et l'espace

Rejoignez-moi, si vous le voulez bien, pour un voyage au-delà des dimensions conventionnelles de votre vie. Imaginez que vous puissiez vous débarrasser des restrictions de temps et d'espace qui semblent régir votre existence. Êtes-vous intrigué ? Je vous comprends, c'est un concept qui peut sembler un peu mystérieux. Mais je vous assure, mon ami, que la voie du tantra peut vous emmener dans ce voyage extraordinaire.

Vous souvenez-vous de ce sentiment de crainte et d'émerveillement lorsque, enfant, vous regardiez le ciel étoilé par une nuit claire ? Vous ressentiez une sorte de picotement dans l'estomac face à l'immensité de l'univers ? Dans ces moments-là, le temps et l'espace semblaient se dilater, n'est-ce pas ? Eh bien, cette admiration, cet émerveillement, est une indication de ce que le tantra peut éveiller en vous.

Le concept de transcendance du temps et de l'espace peut sembler abstrait, voire inaccessible. Mais n'avez-vous pas déjà vécu des moments où le temps semblait s'être arrêté ? Peut-être était-ce lors d'une étreinte avec quelqu'un que vous aimez, ou en regardant un coucher de soleil particulièrement époustouflant, ou encore lors d'une méditation profonde. Ce sont des moments où vous entrez dans le temps éternel, un temps qui n'est pas régi par les horloges et les horaires.

Mais que signifie réellement transcender le temps et l'espace ? Dans son livre "Le pouvoir du présent" (1997), l'auteur Eckhart Tolle décrit cet état comme l'expérience de la présence absolue, le "maintenant". C'est un état dans lequel vous cessez de vous identifier au passé et au futur, et où vous vous immergez complètement dans le moment présent.

Grâce au massage tantrique et aux pratiques tantriques que nous avons explorés dans les chapitres précédents, vous pouvez cultiver cette présence et vous ouvrir à une dimension plus large de la conscience. Dans cet état, le temps et l'espace s'effacent et vous vous retrouvez dans un lieu de pure conscience, de pure présence. Vous devenez la spirale ascendante, toujours en mouvement, toujours en changement, toujours en expansion.

Alors laissez-moi vous demander si vous êtes prêt à explorer ce nouveau territoire, à monter à bord de ce vaisseau spatial tantrique et à embarquer pour un voyage vers les étoiles. Si la réponse est oui, préparez votre cœur et ouvrez votre esprit, car nous allons vivre une aventure passionnante.

Alors que nous avançons dans ce voyage, je vous invite à considérer que vous n'êtes pas seul sur ce vaisseau spatial tantrique. En chacun de nous, il y a une force vitale, une énergie, qui aspire à se connecter à quelque chose de plus grand. Cette énergie, que les anciens praticiens du tantra appelaient kundalini, est souvent représentée sous la forme d'un serpent enroulé à la base de la colonne vertébrale. Lorsque vous éveillez la kundalini, comme je vous l'ai enseigné au chapitre 6, cette énergie remonte la colonne vertébrale vers le crâne, reliant les chakras dans un puissant flux d'énergie. C'est comme si vous preniez votre envol, en vous éloignant du champ gravitationnel des contraintes conventionnelles de temps et d'espace.

La physique quantique soutient en fait cette idée d'une réalité au-delà du temps et de l'espace. Dans ses travaux des années 1960, le physicien théoricien John Wheeler a introduit l'idée de "mousse quantique", suggérant qu'au niveau le plus fondamental, la réalité est une sorte de danse énergétique où l'espace et le temps ne sont pas constants, mais fluctuent. Dans son livre "The Universe in a Nutshell" (2001), Stephen Hawking approfondit cette idée, suggérant qu'au niveau quantique, le temps et l'espace sont malléables.

Maintenant, vous vous demandez peut-être : comment tout cela s'applique-t-il au tantra et au massage tantrique ? Eh bien, mon ami, considérez le massage tantrique comme un moyen de vous mettre au diapason de cette danse énergétique. En apprenant à canaliser et à déplacer votre énergie sexuelle, comme nous l'avons vu dans les chapitres précédents, vous devenez plus conscient de cette danse quantique. Vous commencez à sentir que vous n'êtes pas seulement dans l'univers, mais que vous en faites partie intégrante.

Rappelez-vous la métaphore de la spirale ascendante que j'ai mentionnée précédemment. Comme la spirale, chacun de nous est une manifestation unique et dynamique de l'univers, qui change et évolue constamment. À chaque instant, nous avons la possibilité de nous aligner sur cette énergie cosmique et de lui permettre de nous guider dans notre voyage. N'est-il pas excitant de penser que chacun d'entre nous possède ce potentiel en lui-même ?

Le Tantra nous invite à transcender la perception linéaire du temps et la perception limitée de l'espace, et à entrer dans la danse énergétique de l'univers. Il nous invite à être la spirale ascendante. Et dans cette danse, chacun de nous peut trouver une connexion plus profonde avec lui-même, avec les autres et avec l'univers lui-même.

Mais ne me croyez pas simplement parce que je le dis. Vous sentez-vous prêt à passer à l'étape suivante de ce voyage ? Êtes-vous prêt à vous joindre à la danse de l'univers ? Dans la prochaine partie de ce chapitre, nous allons approfondir la façon dont vous pouvez le faire.

Et nous voilà, cher lecteur, au milieu de cet univers fascinant, qui danse à sa manière. Laissez-moi vous raconter une petite histoire pour illustrer un peu plus ce propos.

Imaginez un instant un couple de danseurs, virevoltant et se balançant au rythme d'une mélodie douce et évocatrice. Oui, exactement, visualisez-les se déplaçant sur la piste de danse, tellement synchronisés qu'ils semblent ne former qu'une seule entité. Imaginez maintenant que ces deux danseurs sont comme vous et l'univers. La musique, bien sûr, est l'énergie qui circule à travers tout.

Au début, vous vous sentirez peut-être un peu maladroit en essayant de suivre les pas et le rythme. Vous risquez de marcher sur les pieds de votre partenaire ou de trébucher sur les vôtres. Mais ne vous inquiétez pas, nous sommes tous passés par là. C'est normal au début, tout comme lorsque vous commencez à pratiquer le tantra.

Cependant, lorsque vous vous détendez et que vous vous laissez emporter par la musique, vous commencez à ressentir le flux. Vous commencez à anticiper les mouvements de votre partenaire, à comprendre les subtilités de la mélodie. Vous ne pensez pas à vos pas, vous les ressentez simplement. Vous êtes présent, vous êtes ici et maintenant, et non dans le passé ou le futur. Vous avez transcendé le temps et l'espace et vous avez fusionné avec la danse. Le sentez-vous ?

C'est exactement ce qui se passe lorsque l'on pratique le massage tantrique. Le Dr Jonn Mumford, dans son livre "Ecstasy Through Tantra" (1988), le décrit comme "la danse de l'extase". En canalisant l'énergie de la kundalini et en vous synchronisant avec votre partenaire, vous vous immergez dans une danse d'amour et d'acceptation, de don et de réception. Vous êtes dans un état de fluidité, semblable à celui des danseurs qui se déplacent au son de la musique.

Mais que se passe-t-il lorsque l'un des danseurs décide de s'arrêter et de rompre la danse ? Que se passe-t-il lorsqu'il n'y a pas de flux, lorsqu'il y a de la résistance ou de la peur ? C'est précisément la question que nous allons explorer dans la section suivante.

Poursuivons notre danse, cher lecteur. Souvenez-vous de la question que nous avons posée précédemment : que se passe-t-il lorsque l'un des danseurs s'arrête et interrompt la danse ?

La réponse est à la fois simple et complexe. Le flux est rompu, l'harmonie est perturbée et la danse s'arrête. Mais cela signifie-t-il que la musique s'est arrêtée ? Non, bien sûr. La musique, ou dans ce cas, l'énergie de l'univers, continue de circuler. Mais lorsque vous résistez, lorsque vous vous arrêtez, vous vous déconnectez de ce flux.

Dans la pratique du tantra, lorsque vous résistez, vous résistez à vous-même, à votre essence. Vous ne permettez pas à l'énergie de circuler à travers vous. Cela peut entraîner des blocages d'énergie, de la frustration et du mécontentement.

Mais ne vous inquiétez pas, tout n'est pas perdu. N'oubliez pas que nous sommes des êtres humains en évolution. Le simple fait de prendre conscience de votre résistance est déjà un pas dans la bonne direction. Et avec de la pratique et de la patience, vous pouvez apprendre à vous défaire de cette résistance et à vous remettre dans le bain.

Le célèbre poète et mystique Rumi a écrit : "Ne vous contentez pas des histoires, de la façon dont les choses se sont passées pour les autres. Déployez votre propre mythe" (The Essential Teachings of Rumi, 1995). Le Tantra vous invite à déployer votre propre mythe, à embrasser votre propre danse, à transcender les limites du temps et de l'espace et à vous fondre dans le flux de l'univers.

Nous avons parcouru un long chemin, n'est-ce pas ? Des origines anciennes du massage tantrique à l'intégration et à l'équilibre, nous avons exploré la façon dont le tantra peut transformer votre vie et vous amener à de nouveaux sommets de conscience et d'extase.

Mais attendez, il y a plus - êtes-vous prêt pour le prochain chapitre, êtes-vous prêt à explorer comment le tantra peut approfondir vos relations et créer un lien plus profond ? Je vous promets que ce sera un voyage passionnant, plein de découvertes et de révélations. Alors, êtes-vous prêt à franchir la prochaine étape de ce voyage fascinant ? Je vous attends dans le prochain chapitre, cher lecteur, chère lectrice - allez, vous ne pouvez pas le manquer !

Chapitre 18 : Le Tantra et les relations : Créer un lien plus profond

Les relations sont complexes, à multiples facettes et parfois difficiles, n'est-ce pas ? Mais réfléchissez un instant : n'est-ce pas grâce à elles que nous nous découvrons, que nous apprenons, que nous grandissons et que nous devenons plus complets ? Les relations sont des miroirs qui reflètent nos parties cachées, nos peurs, nos espoirs et nos désirs les plus profonds.

Maintenant, imaginez un instant que vous puissiez élever vos relations à un tout autre niveau, que vous puissiez créer un lien plus profond, un lien qui va au-delà du physique et qui touche à l'émotionnel, à l'énergétique et au spirituel. À quoi cela ressemblerait-il ? Et surtout, quel effet cela aurait-il sur vous et sur votre vie ?

Dans ce chapitre, nous verrons comment le tantra peut vous aider à atteindre cet objectif.

Tout d'abord, voyons pourquoi il s'agit d'une exploration si précieuse. Dans notre société, il existe une soif inextinguible de relations profondes et significatives. Bien qu'elles soient plus connectées que jamais grâce à la technologie, de nombreuses personnes se sentent plus isolées et déconnectées que jamais. Des études montrent qu'un manque de liens sociaux peut avoir de graves conséquences sur notre santé mentale et physique. En revanche, des relations saines et profondes peuvent accroître notre bonheur, améliorer notre santé et prolonger notre vie.

Sur le plan spirituel, les relations sont un chemin vers l'évolution personnelle. Grâce à elles, nous avons la possibilité d'apprendre à nous connaître, de grandir et d'expérimenter la vie sous toutes ses facettes. Comme le dit le philosophe et écrivain Jiddu Krishnamurti dans "La première et ultime liberté" (1954), "la relation est un miroir dans lequel vous vous voyez tel que vous êtes". Grâce à la relation, vous pouvez apprendre à connaître vos peurs, vos désirs, vos jugements et vos schémas de comportement.

Alors, comment le tantra peut-il aider à créer un lien plus profond dans les relations ? La réponse se trouve dans l'essence même du tantra : l'union. Le tantra nous apprend à voir l'autre comme un reflet de nous-mêmes, à transcender le je et le tu et à faire l'expérience de l'unité. Il nous apprend à être pleinement présents, à nous ouvrir, à être vulnérables et à accepter nos lumières et nos ombres.

Mais ne vous y trompez pas, cette route n'est pas toujours facile. Elle peut être inconfortable, elle peut être difficile et elle peut vous emmener là où vous ne vous y attendiez pas. Mais si vous vous y ouvrez, si vous vous y donnez, les fruits qu'elle peut vous offrir sont immenses.

Commencez par vous demander : suis-je prêt à explorer ? suis-je prêt à m'ouvrir, à être vulnérable, à accepter et à aimer toutes les parties de moi-même et de l'autre ? suis-je prêt à transcender mes peurs et à m'aventurer sur le territoire inconnu de l'amour et de la connexion profonde ?

N'oubliez pas, mon ami, que la seule constante dans la vie est le changement, et que tout changement, toute croissance, commence par une décision. Es-tu prêt à prendre cette décision maintenant ?

Pour approfondir la manière dont le tantra peut enrichir nos relations, nous pouvons nous appuyer sur la sagesse de plusieurs auteurs qui ont consacré leur vie à explorer et à comprendre l'amour, l'intimité et la sexualité sacrée.

John Welwood, dans son livre Journey of the Heart : The Way of Conscious Love (1990), affirme que la véritable intimité d'une relation naît du courage de s'ouvrir pleinement à soi-même et à l'autre, d'affronter et d'accepter nos vulnérabilités et nos ombres. Selon elle, "la relation intime est l'art de danser dans le feu". Le Tantra est ce feu et c'est aussi une danse. Il nous invite à danser avec nos ombres, à transformer nos peurs et à trouver la beauté et la divinité dans chaque moment de la relation.

Margot Anand, l'une des enseignantes de tantra les plus renommées, aborde ce sujet dans son livre "The Art of Sexual Ecstasy" (1990). Elle souligne que le tantra n'améliore pas seulement notre vie sexuelle, mais qu'il peut aussi nous aider à cultiver une connexion plus profonde, une communication plus authentique et un amour plus grand dans nos relations. Selon elle, "lorsque deux corps s'unissent dans l'acte d'amour, ils deviennent un microcosme reflétant le macrocosme". Cela signifie qu'à travers nos relations, nous pouvons faire l'expérience de la globalité de l'univers.

Mais comment cela se traduit-il dans la vie réelle ? Comment pouvons-nous intégrer le tantra dans nos relations quotidiennes ?

Tout d'abord, nous pouvons commencer par cultiver la présence. Combien de fois vous arrive-t-il de penser à autre chose pendant que votre partenaire vous parle ? Combien de fois êtes-vous physiquement présent, mais mentalement ailleurs ? Le Tantra nous invite à être pleinement présents, à écouter non seulement avec nos oreilles, mais avec tout notre corps et notre cœur.

Une autre clé est la communication. Et non, nous ne parlons pas de cette communication superficielle où nous parlons du temps qu'il fait ou de ce que nous avons mangé au déjeuner. Nous parlons d'une communication authentique, où nous partageons nos peurs, nos espoirs, nos désirs et nos rêves. Ce type de communication demande du courage, car elle implique d'être vulnérable, mais c'est la voie vers une connexion plus profonde.

Enfin, le tantra nous invite à voir la sexualité d'une manière entièrement nouvelle. Il ne s'agit pas seulement de plaisir physique, même si c'est un aspect important. Il s'agit de l'union des énergies, de la célébration de la vie et de l'amour, et de l'expression de notre essence divine.

Alors, mon ami, je t'invite à entreprendre ce voyage. Un voyage vers une connexion plus profonde, un amour plus grand et une vie plus pleine. Mais n'oublie pas que ce voyage n'est pas une destination, c'est un processus, une danse, une chanson qui se déploie à chaque pas que tu fais. Alors, êtes-vous prêt à danser ?

Maintenant que nous avons exploré la théorie, il est temps de plonger dans des exemples pratiques. Imaginez un instant une relation où chaque rencontre est un rituel sacré, chaque regard un échange d'énergie et chaque étreinte une étreinte de l'univers tout entier. Pouvez-vous sentir la profondeur de cette connexion ? Pouvez-vous goûter le nectar de cet amour ?

Laissez-moi vous emmener dans un voyage imaginaire. Imaginez que vous êtes à la maison avec votre partenaire. La journée a été longue et vous êtes tous deux épuisés. Mais au lieu de tomber dans la routine du dîner et de la télévision, vous décidez de créer un espace pour vous connecter. Vous éteignez vos téléphones portables, allumez des bougies, prenez un bain ensemble et partagez une tasse de thé. À ce moment-là, il n'y a rien de plus important au monde que la présence de l'autre. Il n'y a pas d'objectifs à atteindre, pas de problèmes à résoudre. Il n'y a que vous deux, partageant cet espace sacré.

Plus tard, ils décident de se faire masser tantriquement. Mais il ne s'agit pas de n'importe quel massage. Chaque caresse est un geste d'amour, chaque soupir est une expression de plaisir. Et tandis que leurs corps se fondent en un seul, ils réalisent qu'ils ne sont pas deux individus distincts, mais une seule énergie, dansant dans l'éternité de l'univers.

Ceci, cher lecteur, n'est qu'un petit échantillon de la façon dont le tantra peut transformer nos relations. Mais ne vous contentez pas de prendre ces mots pour argent comptant. Je vous invite à en faire l'expérience par vous-même. Comme l'a dit Osho, célèbre mystique et maître spirituel, dans son livre "Tantra : The Supreme Understanding" (1975), "Le tantra n'est pas une théorie, c'est une expérience".

Vous pouvez ressentir de la peur. C'est normal. Il s'agit de s'ouvrir d'une manière que nous n'avons peut-être jamais connue auparavant. Mais n'oubliez pas que la peur n'est qu'une résistance au changement. Et le changement, bien qu'il soit parfois difficile, est la voie de la croissance et de la transformation.

Je vous invite donc à accueillir cette peur, à danser avec elle et à la transformer en amour. Car, en fin de compte, c'est ce que nous recherchons tous, n'est-ce pas ? L'amour. La connexion. L'unité.

Dans le prochain chapitre, nous explorerons comment nous pouvons canaliser l'énergie sexuelle, qui est une force si puissante et transformatrice, dans notre créativité, mais pour l'instant, je vous invite à réfléchir à ce que nous avons partagé aujourd'hui. Mais pour l'instant, je vous invite à réfléchir à ce que nous avons partagé aujourd'hui. Comment pouvez-vous intégrer le tantra dans vos relations ? Comment pouvez-vous créer plus d'espace pour la présence, la communication authentique et la sexualité sacrée dans votre vie ?

C'est votre voyage, cher lecteur, et je suis là avec vous, à chaque étape. N'oublie pas que tu es plus courageux que tu ne le penses, plus fort que tu n'en as l'air et plus aimé que tu ne peux l'imaginer.

Nous arrivons à la fin de ce chapitre, mais en réalité, nous sommes au début d'un voyage de transformation personnelle et des relations que vous entretenez. La vision tantrique des relations que nous avons explorée est une vision qui honore la divinité en chacun de nous, qui célèbre l'union du féminin et du masculin, et qui considère chaque acte d'amour comme un reflet de l'union cosmique de l'énergie et de la conscience.

Le Tantra nous invite à entrer en relation avec nos proches d'une manière plus consciente, plus présente et plus aimante. Il nous invite à voir notre partenaire non seulement comme un individu avec des besoins, des désirs et des peurs, mais aussi comme un reflet du divin. Cette vision a le potentiel de transformer nos relations, de les rendre plus profondes, plus authentiques et plus épanouissantes.

Le voyage que nous avons fait jusqu'à présent n'est qu'un début. Il y a encore beaucoup à découvrir et à expérimenter sur la voie du tantra. N'oubliez pas qu'il s'agit d'un chemin d'exploration et d'expérimentation. Il n'y a pas de "bonne façon" de faire. Ce qui fonctionne pour l'un peut ne pas fonctionner pour l'autre. Je vous encourage donc à prendre ce voyage comme une occasion d'apprendre, de grandir et de vous transformer.

En parlant de transformation, nous explorerons dans le prochain chapitre l'un des enseignements les plus révolutionnaires du tantra : la sublimation de l'énergie sexuelle. Nous verrons comment nous pouvons canaliser cette puissante énergie pour la mettre au service de notre créativité et de la réalisation de soi.

Ou peut-être êtes-vous intrigué par l'idée que l'énergie sexuelle peut être plus qu'une simple force de procréation ou de plaisir physique. Quelle que soit votre réaction, je vous encourage à garder l'esprit ouvert et à m'accompagner dans ce voyage passionnant.

Faites donc vos valises, car le prochain chapitre nous emmènera sur un terrain nouveau et passionnant. Je suis enthousiaste à l'idée de ce que nous allons découvrir ensemble. Comme toujours, je suis avec vous à chaque étape du chemin, alors que nous continuons à marcher ensemble sur cette voie, dans l'extase de l'instant présent.

Chapitre 19 : L'énergie sexuelle sublimée : canaliser le pouvoir créatif

Avez-vous déjà ressenti une étincelle d'inspiration, un courant de créativité qui semble couler directement de l'intérieur vers le monde extérieur ? Vous êtes-vous déjà demandé d'où venait cette énergie et comment vous pouviez l'accroître ? Serait-il possible qu'elle soit liée d'une manière ou d'une autre à votre sexualité ?

J'aimerais que vous réfléchissiez un instant. Pensez aux grands artistes, aux musiciens, aux écrivains, aux danseurs. Pensez aux personnes que vous admirez pour leur créativité et leur capacité à apporter quelque chose de beau et de significatif au monde. Se pourrait-il qu'elles canalisent leur énergie sexuelle d'une manière qui leur permette de créer de cette façon ?

Dans ce chapitre, nous allons explorer l'idée tantrique de l'énergie sexuelle sublimée et la façon dont elle peut être canalisée pour renforcer notre créativité. Le tantra nous enseigne que notre énergie sexuelle est bien plus qu'une simple force de procréation ou de plaisir physique. C'est une puissante source de vie, de vitalité et d'inspiration.

Ne trouvez-vous pas cela fascinant ? C'est un concept qui peut totalement changer la façon dont vous percevez votre propre sexualité et votre créativité. C'est un chemin qui peut vous amener à découvrir de nouvelles formes d'expression et d'épanouissement. Mais avant de l'emprunter, il faut comprendre ce que signifie exactement sublimer l'énergie sexuelle et comment fonctionne ce processus.

Le mot "sublimer" vient du latin "sublimare", qui signifie "élever". Dans le contexte du tantra, sublimer l'énergie sexuelle signifie l'élever, la transmuter de son état physique le plus basique à un état spirituel plus subtil. Il ne s'agit pas de réprimer ou de nier notre sexualité, mais de l'utiliser comme une force pour notre évolution personnelle et spirituelle.

Plus concrètement, sublimer l'énergie sexuelle signifie apprendre à la gérer de manière à ce qu'elle ne reste pas piégée dans nos centres énergétiques inférieurs, mais qu'elle puisse s'élever et se répandre dans tout notre corps et notre esprit. De cette manière, nous pouvons exploiter tout son potentiel pour nourrir notre être à tous les niveaux : physique, émotionnel, mental et spirituel.

Vous vous demandez sans doute comment procéder. Comment apprendre à sublimer notre énergie sexuelle et à l'utiliser pour accroître notre créativité ? Comment transformer ce potentiel latent en une force vivante et vibrante ?

Ce sont des questions profondes, des questions qui nous invitent à explorer les mystères de notre propre énergie et de notre propre potentiel. Et c'est précisément ce que nous allons faire dans ce chapitre.

Je vous invite donc à vous asseoir confortablement, à respirer profondément et à vous ouvrir à la possibilité de découvrir quelque chose de nouveau sur vous-même et sur l'incroyable pouvoir qui est en vous. Car, comme vous le verrez, sublimer votre énergie sexuelle et la canaliser vers votre créativité est un chemin plein de surprises et de révélations.

Êtes-vous prêt(e) à vous lancer dans ce voyage ? Êtes-vous prêt(e) à découvrir un nouvel aspect de votre sexualité et de votre capacité créative ? C'est parti !

Commençons par un regard sur l'histoire. L'idée d'une énergie sexuelle sublimée n'est pas nouvelle. En fait, elle a été présente dans différentes cultures et traditions spirituelles au cours des siècles. Des anciens mystiques hindous et taoïstes aux philosophes de la Renaissance et aux psychologues modernes, nombreux sont ceux qui ont parlé du lien entre sexualité et créativité, et de la manière dont nous pouvons apprendre à transmuter notre énergie sexuelle en énergie créative.

Sigmund Freud, le père de la psychanalyse, a été l'un des premiers à en parler. Dans ses "Trois essais sur la théorie de la sexualité" (1905), Freud a proposé l'idée de la "sublimation" comme mécanisme psychologique dans lequel les énergies sexuelles sont redirigées vers des activités socialement acceptables, telles que l'art ou la science. Selon Freud, tous les grands artistes, scientifiques et dirigeants sont des personnes qui ont appris à sublimer leurs pulsions sexuelles en énergie créatrice.

Plus tard, Carl Gustav Jung, disciple puis critique de Freud, a poussé cette idée encore plus loin. Dans ses études sur la psychologie de la créativité, Jung a observé que l'énergie sexuelle peut être sublimée non seulement dans l'art ou la science, mais dans tout type d'activité qui requiert de l'imagination et de l'inspiration. Selon Jung, "la libido est l'énergie qui alimente tout acte créatif".

Cependant, l'idée de sublimer l'énergie sexuelle ne se limite pas à la psychologie occidentale. En Orient, dans des traditions telles que le tantra et le taoïsme, ce concept fait partie intégrante de leur philosophie et de leurs pratiques spirituelles depuis des millénaires.

Dans le tantra, l'énergie sexuelle est considérée comme une manifestation de l'énergie divine, un pouvoir sacré qui peut être utilisé pour l'éveil spirituel. En sublimant cette énergie, les praticiens du tantra cherchent à atteindre des états de conscience plus élevés et à s'unir au divin. Et, comme nous l'avons déjà mentionné, cette énergie n'est pas seulement utilisée pour la méditation et la prière, mais aussi pour la créativité et l'expression artistique.

Vous rendez-vous compte de l'importance de ce point, de la façon dont notre perception de la sexualité et de la créativité change lorsque nous constatons qu'elles sont liées, qu'elles sont les deux faces d'une même pièce ?

Peut-être commencez-vous à voir votre sexualité et votre créativité d'un œil nouveau. Peut-être commencez-vous à comprendre qu'au lieu de réprimer ou d'ignorer votre sexualité, vous pouvez apprendre à l'honorer et à la canaliser de manière à ce qu'elle soit bénéfique pour vous et pour les autres.

Et c'est précisément ce que je vous propose dans ce chapitre, cher lecteur. Je vous propose d'entreprendre un voyage de découverte et d'exploration. Je vous propose d'apprendre à sublimer votre énergie sexuelle et à la mettre au service de votre créativité. Je vous propose de découvrir par vous-même ce que signifie vivre pleinement sa sexualité et sa créativité.

Êtes-vous prêt à vous lancer dans ce voyage ? Êtes-vous prêt à explorer de nouvelles possibilités et à vous ouvrir à de nouvelles façons d'être et de créer ? Plongeons ensemble dans ce sujet passionnant !

Parlons de quelques exemples pratiques de la façon dont vous pouvez commencer à sublimer votre énergie sexuelle et à la canaliser dans votre créativité. Vous pouvez le prendre comme un point de départ, une carte pour commencer votre voyage.

Dans son livre "Cultivating Male Sexual Energy" (1989), Mantak Chia, maître taoïste contemporain, présente une série d'exercices et de méditations destinés à aider les hommes à maîtriser et à canaliser leur énergie sexuelle. Bien que le livre soit spécifiquement destiné aux hommes, nombre des pratiques qu'il propose sont également applicables aux femmes.

L'un des exercices les plus élémentaires proposés par Chia est la respiration consciente. Selon lui, il suffit de prendre conscience de sa respiration et d'apprendre à respirer de manière plus profonde et plus détendue pour commencer à gérer plus efficacement son énergie sexuelle.

Imaginez ceci : vous êtes assis en silence, prenant conscience de chaque inspiration et expiration. À chaque inspiration, vous visualisez votre énergie sexuelle s'élevant de vos centres inférieurs vers votre cœur et votre tête. À chaque expiration, vous visualisez comment cette énergie se répand dans tout votre corps, vous remplissant de vitalité et de créativité.

Un autre exercice proposé par Chia est la méditation sur les chakras. Dans le chapitre 10, nous avons déjà exploré l'importance des chakras dans le tantra et la façon dont ils peuvent nous aider à gérer notre énergie sexuelle. Dans la pratique de Chia, vous vous concentrez sur chacun de vos chakras, du plus bas au plus haut, et visualisez comment votre énergie sexuelle circule et se développe à travers eux.

Vous pouvez l'imaginer de la manière suivante : vous êtes assis tranquillement et concentrez votre attention sur votre chakra racine, le centre de votre énergie sexuelle. Vous visualisez comment cette énergie commence à remonter le long de votre colonne vertébrale, en passant par chacun de vos chakras. À chaque chakra traversé, vous sentez votre énergie se transformer et devenir plus subtile, plus légère. Lorsqu'elle atteint le chakra de la couronne, au sommet de la tête, vous la sentez s'étendre et se répandre dans tout votre être, vous remplissant d'inspiration et de créativité.

Ces deux exercices sont simples, mais puissants. Ils permettent de commencer à prendre conscience de son énergie sexuelle et d'apprendre à la gérer pour la sublimer et la canaliser dans sa créativité.

Il est important de garder à l'esprit que ces exercices ne sont qu'un point de départ. La véritable sublimation de l'énergie sexuelle est un chemin long et profond, qui exige de la pratique et du dévouement. Mais, comme le dit un ancien proverbe chinois, "le voyage de mille lieues commence par un seul pas". Et ces exercices peuvent être ce premier pas.

Êtes-vous prêt à franchir ce pas ? Êtes-vous prêt à vous embarquer dans ce voyage de transformation et de croissance ?

Comme le mentionne Carl Jung dans "La psychologie de la transmutation" (1940), l'énergie sexuelle n'est pas seulement une force physique, mais aussi une force psychique. C'est une énergie qui peut nourrir notre créativité et alimenter notre inspiration. Mais pour l'exploiter de cette manière, nous devons apprendre à la manipuler avec conscience et respect.

Le poète William Blake, dans son œuvre "Le mariage du ciel et de l'enfer" (1790), a déclaré que "l'énergie est la seule vie et est du corps ; et la raison est la limite ou la circonférence encerclante de l'énergie". Pour Blake, l'énergie, et plus particulièrement l'énergie sexuelle, est une source de vie et de créativité. Mais pour l'exploiter de cette manière, nous devons apprendre à la manipuler avec conscience et respect.

Qu'est-ce que cela signifie en pratique ? Il s'agit d'apprendre à être présent, à prêter attention à nos sensations et à nos émotions. Cela implique d'apprendre à respirer consciemment, à détendre notre corps et notre esprit. Cela implique d'apprendre à méditer, à se connecter à nos centres d'énergie et à visualiser comment notre énergie sexuelle s'élève et se répand dans tout notre être.

Sur ce chemin de la sublimation de l'énergie sexuelle, il est important de se rappeler qu'il ne s'agit pas d'une course, mais d'un voyage. Il ne s'agit pas d'atteindre une destination, mais d'apprécier le voyage. Je vous invite donc à parcourir ce chemin calmement, patiemment, avec amour et respect pour vous-même. N'oubliez pas, comme nous l'avons mentionné au chapitre 7, que l'art de l'abandon est fondamental pour surmonter les blocages et les résistances sur ce chemin.

Vous avez parcouru un long chemin, mais le voyage n'est pas encore terminé. Dans le chapitre suivant, " Le voyage continue : croissance personnelle et transformation grâce au tantra ", nous verrons comment vous pouvez appliquer ces pratiques et concepts dans votre vie quotidienne et comment ils peuvent vous aider à grandir et à évoluer en tant qu'individu. C'est un voyage de découverte et de connaissance de soi, d'apprentissage et de croissance. Je vous invite à aller de l'avant avec courage et ouverture, avec curiosité et amour pour vous-même.

Je suis ravie de vous accompagner dans ce voyage et j'ai hâte de voir comment il se poursuivra. N'oubliez pas que vous êtes un être incroyablement puissant et créatif. Votre énergie sexuelle est une force formidable qui peut alimenter votre inspiration et votre créativité. Et grâce aux pratiques et aux concepts que nous avons explorés dans ce chapitre, vous disposez des outils nécessaires pour commencer à libérer ce potentiel.

Êtes-vous prêt à aller de l'avant, à découvrir la puissance et la beauté de votre énergie sexuelle sublimée ? Rendez-vous au prochain chapitre. D'ici là, continue d'explorer, d'apprendre, de grandir. À bientôt !

Chapitre 20 : Le voyage continue : croissance personnelle et transformation grâce au tantra

Avez-vous réalisé que vous avez déjà parcouru un long chemin depuis le début ? Nous avons partagé des moments d'apprentissage, de rire, d'émerveillement et de doute, mais surtout, nous avons grandi ensemble. Et même si ce chapitre porte le numéro 20 gravé sur sa couverture, je veux que vous sachiez que ce n'est pas la fin. Comme le dit le titre, le voyage continue.

Laissez-moi vous poser une question : avez-vous déjà ressenti ce sentiment de stagnation, que votre vie s'est arrêtée ? C'est le sentiment d'être dans un labyrinthe et de ne pas trouver la sortie, de répéter les mêmes schémas encore et encore, comme si vous étiez pris au piège dans une boucle infinie. Je suis sûr que cela vous dit quelque chose, n'est-ce pas ? Nous sommes tous passés par là un jour ou l'autre.

La vie peut parfois ressembler à un jeu de société frustrant, où chaque fois que nous pensons être sur le point d'atteindre la ligne d'arrivée, quelque chose nous ramène à la case départ. C'est comme si notre destin était tracé d'avance et que chaque tentative pour le changer nous ramenait au même point de départ. Et si je vous disais que vous avez la capacité de changer votre vie, de vous transformer, de grandir et d'évoluer d'une manière que vous ne pouvez même pas imaginer ?

C'est exactement ce que nous propose le Tantra. Comme nous l'avons déjà mentionné dans les chapitres précédents (en particulier dans les chapitres 6 et 19), le Tantra est un chemin de connaissance et de développement de soi. C'est une pratique qui nous permet d'explorer notre corps et notre esprit, notre sexualité et notre spiritualité, notre moi individuel et notre connexion au tout. Mais le Tantra n'est pas seulement un ensemble de techniques et de pratiques ; c'est aussi une philosophie de vie, une façon de comprendre et d'expérimenter le monde.

C'est pourquoi, dans ce chapitre, nous avons l'intention d'approfondir le sujet du développement personnel et de la transformation grâce au Tantra. Nous explorerons comment le Tantra peut vous aider à surmonter les blocages et les résistances, à vous libérer des vieux schémas et des croyances limitantes, à libérer votre potentiel et à devenir la meilleure version de vous-même.

Je suis convaincu que ce chapitre vous sera d'une grande utilité, que vous ayez déjà commencé votre chemin tantrique ou que vous envisagiez d'en faire les premiers pas. Car le Tantra est un voyage, et comme dans tout voyage, il y a toujours quelque chose de nouveau à découvrir, toujours une nouvelle perspective à explorer, toujours un nouvel horizon à conquérir.

Alors, êtes-vous prêt à poursuivre le voyage, à vous lancer dans cette aventure de croissance et de transformation ? Je vous assure que ce sera un voyage passionnant, plein de découvertes et de surprises. Et n'oubliez pas que, quelle que soit la distance parcourue, il y aura toujours un nouvel horizon à explorer, il y aura toujours quelque chose de plus à apprendre, il y aura toujours une nouvelle aventure à vivre. Car, comme le dit un ancien proverbe tantrique, "le chemin est la destination".

Bon, cher lecteur, passons aux choses sérieuses. Tout d'abord, voyons comment la pratique du Tantra peut vous aider à vous libérer de vos vieux schémas et de vos croyances limitatives. Nous avons tous, dans une plus ou moins large mesure, des croyances et des schémas limitatifs. Certaines de ces croyances nous ont été inculquées dans notre enfance, d'autres ont été acquises tout au long de notre vie et, bien souvent, nous ne sommes même pas conscients de leur existence.

Avez-vous déjà eu l'impression de vous retrouver toujours dans la même situation, comme si vous étiez pris dans un cercle vicieux ? C'est ce que Carl Jung, le célèbre psychologue suisse, appelait "l'ombre". Selon Jung, l'ombre est la partie de nous-mêmes que nous rejetons ou que nous nions, et qui reste donc cachée dans notre subconscient. Mais même si nous l'ignorons, l'ombre continue d'influencer notre vie, générant des schémas de comportement répétitifs et autodestructeurs.

Mais ne vous inquiétez pas, le Tantra a une solution pour cela. La pratique du Tantra nous invite à explorer notre ombre, à reconnaître et à accepter toutes les parties de nous-mêmes, même celles que nous trouvons inconfortables ou douloureuses. De cette manière, nous pouvons nous libérer des vieux schémas et croyances qui nous limitent et commencer à vivre une vie plus authentique et plus épanouissante.

C'est là que les techniques tantriques que nous avons apprises tout au long de ce livre entrent en jeu. Rappelez-vous, par exemple, la méditation tantrique que nous avons explorée au chapitre 11, ou le massage tantrique du chapitre 15. Ces techniques nous aident non seulement à relâcher les tensions physiques et émotionnelles, mais nous permettent également d'explorer et de transformer nos croyances et schémas limitatifs.

D'autre part, le Tantra nous fournit également des outils pour libérer notre potentiel et devenir la meilleure version de nous-mêmes. Comme l'a dit le philosophe et psychologue Abraham Maslow, "ce que l'on peut être, on doit l'être". Maslow, connu pour sa théorie de l'épanouissement personnel, soutenait que nous avons tous un potentiel inhérent qui cherche à s'exprimer et à se réaliser. Le tantra partage cette vision.

En effet, nous pourrions dire que la réalisation de soi est le but ultime du Tantra. Comme nous l'avons mentionné au chapitre 7, le Tantra nous enseigne à nous donner complètement, à vivre chaque instant avec une intensité et une authenticité totales. Et cet abandon, cette authenticité, est ce qui nous permet de libérer notre potentiel et de devenir la meilleure version de nous-mêmes.

Mais que signifie exactement "être la meilleure version de soi-même" ? Cela peut varier d'une personne à l'autre, car chacun d'entre nous est unique et a son propre chemin à suivre. Mais, d'une manière générale, nous pourrions dire qu'être la meilleure version de soi-même signifie vivre selon nos valeurs et nos principes, suivre nos rêves et nos passions, développer nos compétences et nos talents, et contribuer au bien-être des autres et de la planète. Et, bien sûr, cela signifie aussi profiter de la vie, éprouver du plaisir et de la joie, et célébrer notre existence dans ce merveilleux univers.

Pour mieux comprendre comment le tantra peut nous aider à devenir la meilleure version de nous-mêmes, examinons une histoire racontée par le maître tantrique Osho dans son livre "Tantra : The Supreme Understanding" (1975). Dans cette histoire, un jeune prince, désespéré de trouver le but de sa vie, quitte son royaume et se retire dans la jungle pour méditer. Après de nombreuses années de méditation, le prince atteint l'illumination et retourne dans son royaume. Mais au lieu de retourner à son ancienne vie de luxe et de plaisir, il décide de se consacrer au service de son peuple et de lui enseigner ce qu'il a appris. Malgré les difficultés et les défis, le prince se sent plus heureux et plus satisfait que jamais.

Quel est le message de cette histoire ? Que la réalisation de soi, le fait d'être la meilleure version de soi-même, n'est pas une question d'ego ou de vanité, mais d'authenticité et de service. Il s'agit, comme l'a dit le poète Kahlil Gibran, de "donner le meilleur de soi-même" et de "savoir que ce que l'on donne est vraiment à soi".

Et maintenant, cher lecteur, permettez-moi de partager avec vous un exemple plus proche de notre époque. Imaginez un cadre prospère, avec un salaire élevé, une voiture de luxe et une belle maison. Mais ce cadre n'est pas heureux. Il se sent vide et insatisfait, et se rend compte que sa vie n'a pas de sens. Un jour, il découvre le Tantra et décide d'essayer. Au début, il se sent un peu mal à l'aise et peu sûr de lui, mais peu à peu, il commence à remarquer des changements dans sa vie. Il commence à se sentir plus vivant, plus présent, plus connecté à son corps et à ses émotions. Il commence à se libérer de ses peurs et de ses blocages, à explorer de nouvelles formes de plaisir et de relations. Et surtout, il commence à découvrir qui il est vraiment et ce qu'il attend de la vie.

Ce cadre pourrait être n'importe lequel d'entre nous. Il pourrait s'agir de nous qui, comme lui, sommes insatisfaits de notre vie et recherchons quelque chose de plus. Et, comme lui, nous pouvons trouver dans le tantra une voie vers l'authenticité, l'épanouissement et le bonheur.

Bien sûr, cela ne signifie pas que le Tantra est un chemin facile. Comme dans tout voyage, il y aura des moments de doute et de confusion, des moments de douleur et de difficulté. Mais, comme l'a dit le poète Robert Frost, "la seule façon de sortir est de passer". Et, même si la route est difficile, la destination en vaut la peine.

Alors, cher lecteur, je t'invite à continuer à avancer, à continuer à explorer, à continuer à grandir et à te transformer. Je t'invite à continuer à être curieux, à continuer à être courageux, à continuer à être toi-même. Parce que tu es la clé, tu es la voie, tu es le chemin, tu es le trésor. La transformation que vous recherchez ne se trouve pas dans un endroit lointain ou dans un enseignement ésotérique, mais en vous-même, dans votre propre expérience, dans votre propre sagesse. Comme l'a dit le poète et philosophe soufi Rumi, "la lumière que vous cherchez se trouve dans votre propre cour".

J'espère que ces concepts et ces exemples vous ont aidé à comprendre et à apprécier l'importance du développement personnel et de la transformation sur le chemin du Tantra. Comme nous l'avons vu, le Tantra n'est pas seulement une pratique sexuelle ou spirituelle, mais aussi un chemin de découverte et de réalisation de soi. Un chemin qui nous conduit à connaître et à accepter notre vraie nature, à libérer notre potentiel et à vivre une vie plus authentique, plus épanouissante et plus satisfaisante.

Cher lecteur, vous avez fait un travail incroyable en arrivant jusqu'ici, en vous plongeant dans ces pages et en vous ouvrant à de nouvelles perspectives et possibilités. Je vous félicite pour votre courage, votre curiosité et votre engagement en faveur de votre propre croissance et de votre bien-être. Vous êtes, sans aucun doute, un véritable aventurier de l'esprit, un véritable chercheur d'extase.

Mais ce n'est pas la fin du chemin. En fait, ce n'est que le début. Le voyage du Tantra est un voyage sans fin, un voyage d'apprentissage, d'exploration et d'évolution constants. Et, comme tous les bons voyages, c'est un voyage qui est mieux apprécié lorsqu'il est partagé.

Je vous invite donc à continuer à aller de l'avant, à continuer à explorer, à continuer à grandir et à vous transformer. Et surtout, je vous invite à partager votre voyage, vos expériences et vos découvertes avec les autres. Car, comme l'a dit le grand Carl Sagan, "nous sommes la façon dont le cosmos se connaît lui-même".

Et maintenant, cher lecteur, préparez votre esprit pour le prochain chapitre de notre voyage, le chapitre 21 : " Les tantriques modernes : les femmes et le pouvoir de l'énergie sexuelle ". Vous y découvrirez comment les femmes réinventent le Tantra et utilisent leur pouvoir et leur énergie sexuels pour guérir, renforcer et transformer le monde. Je vous promets que ce sera un voyage passionnant, inspirant et profondément libérateur. Alors, êtes-vous prête à explorer plus avant le monde fascinant du Tantra ? C'est parti !

Chapitre 21 : Tantriques modernes : les femmes et le pouvoir de l'énergie sexuelle

Avez-vous déjà remarqué, cher lecteur, cette étincelle dans les yeux d'une femme sûre d'elle, qui vit pleinement son énergie sexuelle et dégage une force magnétique ? N'avez-vous pas ressenti un mélange de fascination, de respect et de désir ? Si la réponse est oui, vous êtes en présence d'une tantrique moderne.

Mais que signifie être un tantriste moderne ? Et surtout, qu'est-ce que cela a à voir avec l'énergie sexuelle et le Tantra ? Laissez-moi vous éclairer sur ce chemin de transformation et d'autonomisation. Si vous êtes prête à vous embarquer dans ce voyage de connaissance de soi et de libération, je vous promets que votre perspective sur le pouvoir et le potentiel de l'énergie sexuelle féminine changera radicalement.

Les Tantriques modernes sont des femmes qui ont libéré et canalisé leur énergie sexuelle, non seulement pour améliorer leur plaisir et leur intimité, mais aussi pour transformer tous les aspects de leur vie. Ce sont des femmes qui ont appris à utiliser leur énergie sexuelle comme source de pouvoir, de créativité, de guérison et de connexion au divin.

Pourquoi est-il important de parler des Tantriques modernes et du pouvoir de l'énergie sexuelle féminine ? Parce que, chère lectrice, pendant trop longtemps, la sexualité des femmes a été réprimée, stigmatisée, crainte et incomprise. Mais le Tantra nous offre une perspective différente, une vision qui honore et célèbre la sexualité féminine comme source de vie, de beauté, de sagesse et de pouvoir.

Ce chemin n'est pas à la portée de toutes les femmes. Il exige du courage, de la patience, de l'ouverture et de l'honnêteté envers soi-même. Il faut remettre en question les normes sociales, démanteler les croyances limitatives et surmonter les peurs et les insécurités. Mais je vous assure, chère lectrice, que les récompenses sont immenses.

Je tiens à préciser que le fait d'être un tantriste moderne n'a rien à voir avec le nombre d'orgasmes que vous pouvez avoir, les positions que vous pouvez adopter au lit ou le nombre d'amants que vous avez eus. Être un Tantrique Moderne, c'est être en relation avec soi-même, avec son corps, avec son énergie sexuelle et avec le monde qui nous entoure.

Alors, que signifie pour vous, cher lecteur, ce concept de Tantriques modernes ? Comment cette vision de la sexualité féminine résonne-t-elle en vous ? Quelles possibilités vous ouvre-t-elle, que vous soyez un homme ou une femme ? Je vous invite à réfléchir à ces questions et à vous ouvrir à de nouvelles façons de penser et de vivre votre sexualité. Car, comme le disait la grande féministe et philosophe Simone de Beauvoir dans "Le deuxième sexe" (1949), "la sexualité est la lutte de la vie contre la mort".

Et maintenant, chère lectrice, entrons dans le monde fascinant du Tantra moderne et découvrons comment, grâce au Tantra, les femmes peuvent libérer et canaliser leur énergie sexuelle pour transformer leur vie et leur monde.

Vous êtes-vous déjà demandé, cher lecteur, ce que signifie réellement libérer et canaliser l'énergie sexuelle ? Il ne s'agit pas de s'adonner sans retenue aux plaisirs charnels, bien que cela puisse faire partie du processus. Il s'agit de quelque chose de beaucoup plus profond et de plus transcendantal. L'énergie sexuelle est une énergie vitale, c'est l'énergie de la création et de la vie elle-même. Lorsqu'une femme se connecte à cette énergie et apprend à la gérer, elle devient une force de la nature.

Margot Anand, dans son livre "The Art of Sexual Ecstasy : The Tantric Path to Sexual Health and Fulfilment" (1996), explique que l'énergie sexuelle peut être une porte d'entrée vers des états de conscience supérieurs et des expériences d'extase. Pouvez-vous imaginer, cher lecteur, ce que ce serait si chaque acte d'amour et de plaisir devenait une méditation, un rituel sacré d'union avec le cosmos ?

Mais il ne s'agit pas seulement de grandes expériences mystiques. L'énergie sexuelle a également des applications très pratiques et tangibles dans la vie quotidienne d'une femme. Par exemple, elle peut contribuer à accroître l'estime de soi et la confiance en soi, à améliorer la santé et le bien-être physique, à éveiller la créativité et à approfondir les relations.

Vous souvenez-vous, cher lecteur, que nous avons parlé au chapitre 19 de l'énergie sexuelle sublimée et de la façon dont elle peut être canalisée vers la créativité et la productivité ? Eh bien, c'est exactement ce que font les Tantriques modernes. Ils utilisent leur énergie sexuelle, non seulement pour le plaisir et l'intimité, mais aussi pour alimenter leur travail, leurs projets, leur art et leur activisme.

Ces femmes sont de véritables révolutionnaires. Elles remettent en question les normes et les attentes de la société et ouvrent de nouvelles voies en matière d'authenticité et d'autonomisation. Leur courage et leur passion sont une véritable source d'inspiration.

Oui, cela peut sembler très éloigné, très différent de votre réalité. Mais je veux que tu saches, amie lectrice, que toutes les femmes ont le potentiel de devenir des Tantriques modernes. Peu importe l'âge, l'orientation sexuelle, l'expérience ou les circonstances. Tout ce qu'il faut, c'est la volonté d'explorer et d'apprendre, le courage de remettre en question les vieilles croyances et les vieux schémas, et l'engagement à l'égard de sa propre croissance et transformation.

Alors, chère lectrice, êtes-vous prête à explorer cette nouvelle vision de la sexualité féminine ? Êtes-vous prête à remettre en question vos propres croyances et attentes ? Êtes-vous prête à vous ouvrir à de nouvelles façons d'expérimenter et de comprendre le plaisir, l'amour et l'intimité ?

Si la réponse est oui, alors bienvenue dans ce voyage passionnant de découverte et de transformation. Je vous promets que ce sera une aventure pleine de surprises, de défis, d'apprentissage et, surtout, de beaucoup de plaisir et de joie. Car, comme l'a dit la grande écrivaine Anaïs Nin, "la vie se rétrécit ou s'élargit proportionnellement à notre courage". Et vous, cher lecteur, vous êtes sur le point d'élargir votre vie comme vous ne l'auriez jamais imaginé.

Permettez-moi maintenant de partager avec vous quelques exemples concrets de la manière dont les femmes tantriques modernes ont utilisé leur énergie sexuelle pour transformer leur vie et leur monde. En écoutant ces histoires, je vous invite à vous demander comment je pourrais appliquer cela dans ma propre vie, comment je pourrais, que je sois une femme ou un homme, apprendre à libérer et à canaliser mon énergie sexuelle de manière aussi puissante et créative.

Prenons le cas de Sophia, une femme qui a toujours ressenti un gros blocage dans sa sexualité. Après des années de lutte contre des sentiments de honte et de culpabilité, elle a décidé d'entrer dans le monde du Tantra. Au cours de son voyage, Sophia a affronté ses peurs et ses traumatismes, a appris à aimer et à accepter son corps tel qu'il est, et a commencé à vivre sa sexualité d'une manière qu'elle n'avait jamais imaginée. Aujourd'hui, Sophia est une Tantrique moderne, une femme qui rayonne d'une puissante énergie sexuelle et qui utilise cette énergie pour donner du pouvoir à d'autres femmes à travers son travail de coach et de thérapeute.

Ou pensez à Anaya, une artiste qui a toujours eu du mal à trouver l'inspiration et la motivation pour créer. Lorsqu'elle a découvert le Tantra et commencé à se connecter à son énergie sexuelle, sa créativité a débordé. Aujourd'hui, Anaya crée des œuvres d'art étonnantes et vibrantes qui reflètent son voyage d'exploration de soi et de libération sexuelle. Son énergie sexuelle est devenue la muse qui alimente son art.

Ce ne sont là que deux exemples de la façon dont les tantriques modernes transforment leur vie et leur monde. Mais il y a bien d'autres histoires à découvrir. Et peut-être, cher lecteur, que votre propre histoire attend d'être écrite.

Qu'on ne s'y trompe pas, le chemin du tantrique moderne n'est pas facile. Comme le souligne Regina Thomashauer dans son livre "Pussy : A Reclamation" (2016), ce parcours nécessite d'affronter l'ombre, les peurs, les tabous et les traumatismes.

Mais c'est aussi un chemin de libération, d'autonomisation et de transformation profonde.

Le Tantra nous enseigne que chaque femme est un être divin, une incarnation de la Déesse, et que sa sexualité est une expression de ce divin. Lorsqu'une femme se connecte à cette vérité et apprend à libérer et à canaliser son énergie sexuelle, elle devient une Tantrique moderne.

Alors, chère lectrice, que pensez-vous de cette vision du tantrisme moderne ? Comment cette nouvelle façon de comprendre et de vivre la sexualité féminine résonne-t-elle en vous ? Je vous invite à réfléchir à ces questions et à vous ouvrir à de nouvelles façons de penser et de vivre votre sexualité.

Êtes-vous prêt(e) à poursuivre ce voyage ? Êtes-vous prêt(e) à en découvrir davantage sur le pouvoir de l'énergie sexuelle et sur la façon dont elle peut transformer votre vie et votre monde ? Si la réponse est oui, prenez ma main et continuons ensemble. Je suis ici avec vous, je vous soutiens à chaque étape de ce voyage passionnant. Et n'oubliez pas, comme l'a dit la brillante auteure Clarissa Pinkola Estés dans "Les femmes qui courent avec les loups" (1992) : "Les femmes fortes sont celles qui ont fait de leur vie un voyage sacré".

En explorant le monde fascinant du tantrisme moderne, nous nous sommes embarqués ensemble dans un voyage de découverte de soi et de transformation. Nous avons vu comment l'énergie sexuelle, lorsqu'elle est libérée et canalisée de manière consciente et aimante, peut devenir une puissante force de changement et de créativité. À travers les histoires de Sophia et d'Anaya, nous avons entrevu le potentiel qui s'éveille lorsqu'une femme s'engage sur la voie du Tantra.

Certaines des idées présentées dans ce chapitre vous ont peut-être interpellé ou même laissé perplexe. Vous vous demandez peut-être comment appliquer ces enseignements dans votre propre vie. Permettez-moi de vous rappeler, cher lecteur, que le tantra est un chemin d'exploration et de découverte de soi. Il n'y a pas de "bonne" façon de faire. Votre voyage sera unique et personnel, et vous mènera exactement là où vous avez besoin d'être.

Avant de clore ce chapitre, je tiens à vous rappeler une fois de plus l'importance de votre relation avec vous-même. Comme je l'ai mentionné au chapitre 7, "L'art de l'abandon", la première et la plus importante étape de tout voyage de découverte de soi est d'apprendre à s'aimer et à s'accepter tel que l'on est.

Cher lecteur, dans ce chapitre, nous avons exploré ensemble la force puissante du Tantra moderne et son utilisation consciente et aimante de l'énergie sexuelle. Mais ce n'est qu'un début. Il y a encore beaucoup à découvrir dans le monde merveilleux du Tantra.

Dans le chapitre suivant, " L'éveil masculin : masculinité et sensibilité dans le tantra ", nous nous concentrerons sur l'éveil masculin. Si vous avez été émerveillé par la puissance du Tantra moderne, attendez de voir comment les hommes s'éveillent également et honorent leur propre énergie sexuelle. Nous verrons comment la sensibilité et la force peuvent coexister dans l'essence d'un homme, et comment le Tantra peut offrir un nouveau modèle de masculinité, loin des stéréotypes limitatifs. Si vous vous identifiez comme un homme, vous trouverez ici des outils précieux pour redécouvrir votre essence authentique et libérer votre potentiel. Et si vous vous identifiez comme une femme, vous pourrez mieux comprendre comment accompagner les hommes dans ce processus d'éveil.

Alors, êtes-vous prêt à explorer davantage, êtes-vous prêt à vous ouvrir à de nouvelles façons de voir, de sentir et d'expérimenter votre sexualité et votre être ? Je vous invite à poursuivre ce voyage, et n'oubliez pas que je suis toujours là, à vos côtés, pour vous accompagner et vous soutenir à chaque étape.

Je vous donne rendez-vous au prochain chapitre, cher lecteur. D'ici là, je vous souhaite amour, lumière et bénédictions sur votre chemin.

Chapitre 22 : L'éveil masculin : masculinité et sensibilité dans le tantra

Que signifie être un homme dans le monde d'aujourd'hui et quel est le rapport entre la masculinité et le Tantra ? Cher lecteur, dans ce chapitre, nous allons nous aventurer sur ces terrains parfois inexplorés et difficiles, dans l'espoir de faire la lumière sur ce que signifie réellement être un homme à l'ère moderne et sur la manière dont le Tantra peut contribuer à définir une nouvelle masculinité, qui honore à la fois la force et la sensibilité.

La masculinité, comme la féminité, fait l'objet de nombreux stéréotypes et attentes sociales depuis des siècles. Mais quelle est la vérité derrière ces idées préconçues et quel rôle jouent-elles dans la formation de notre identité et de l'image que nous avons de nous-mêmes ? Ce sont des questions importantes que nous devrions tous nous poser, quelle que soit la manière dont nous nous identifions.

La réponse à ces questions peut être complexe et multiforme, mais en même temps elle peut être étonnamment simple : être un homme, au fond, n'est pas tant une question de ce que l'on fait ou de la manière dont on se comporte, mais de ce que l'on ressent pour soi-même et de la manière dont on se situe par rapport au monde qui nous entoure.

Dans la société actuelle, on apprend souvent aux hommes à être forts, à être courageux, à être des pourvoyeurs. Ils sont encouragés à réprimer leurs émotions, à ne pas se montrer vulnérables. Dans le monde du Tantra, cependant, ces notions sont remises en question et révisées. Dans le Tantra, la force et la vulnérabilité sont toutes deux célébrées, l'action et la réceptivité sont toutes deux honorées.

La masculinité tantrique n'est donc pas une négation de la masculinité traditionnelle, mais plutôt une expansion de celle-ci. C'est la reconnaissance du fait qu'être un homme, c'est bien plus que ce que la société suggère souvent. C'est un chemin vers une plus grande authenticité, une plus grande connexion avec soi-même et avec les autres, et finalement un plus grand épanouissement et une plus grande satisfaction dans la vie.

Comment la masculinité tantrique se manifeste-t-elle dans la vie de tous les jours ? Et, plus important encore, comment pouvez-vous commencer à la cultiver en vous-même ? Tout au long de ce chapitre, nous allons explorer ces questions en profondeur. Mais avant cela, j'aimerais vous inviter à faire une pause et à réfléchir à ce que la masculinité signifie pour vous.

Comment l'idée que vous vous faites de la masculinité vous a-t-elle influencé dans votre vie ? En quoi vous a-t-elle servi et dans quels domaines a-t-elle pu limiter votre croissance et votre développement personnels ? Rappelez-vous qu'il n'y a pas de bonnes ou de mauvaises réponses. Il n'y a que votre vérité, votre expérience. Et c'est grâce à cette enquête honnête et authentique sur soi-même que le véritable éveil peut se produire. Alors, êtes-vous prêt à vous lancer dans ce voyage de découverte et de transformation de soi ? C'est parti.

Vous n'êtes pas seul dans cette exploration de la masculinité. Nombreux sont ceux qui ont navigué dans ces eaux avant nous, et leurs paroles et leurs points de vue peuvent nous apporter une aide précieuse. L'un d'entre eux est le célèbre psychologue et auteur Robert Moore qui, dans son ouvrage influent "King, Warrior, Magician, Lover : Rediscovering the Archetypes of the Mature Masculine" (1990), parle de la nécessité d'un renouvellement de l'image masculine et propose un examen plus approfondi des archétypes masculins.

Moore affirme qu'au-delà des stéréotypes et des attentes sociales, il existe quatre archétypes primaires de la masculinité : le roi, le guerrier, le magicien et l'amant. Chacun de ces archétypes représente un aspect essentiel de la masculinité et, ensemble, ils forment un modèle intégré et équilibré de ce que signifie être un homme.

Mais quel est le rapport entre ces archétypes et le Tantra ? Vous vous souvenez du chapitre 8, où nous avons parlé de la polarité et exploré les énergies masculine et féminine ? Les archétypes de Moore peuvent nous aider à mieux comprendre les différentes manifestations de l'énergie masculine et à cultiver une relation plus équilibrée et harmonieuse avec elle.

Par exemple, l'archétype du roi évoque la capacité à diriger et à prendre des responsabilités, mais aussi l'importance de la générosité et du service aux autres. Et quelle meilleure forme de service que d'honorer et de respecter le corps et l'énergie de son partenaire lors d'une pratique tantrique ?

Ou encore l'archétype de l'amant, qui représente la capacité à se connecter émotionnellement et à apprécier les plaisirs sensoriels. Ces qualités sont fondamentales dans le Tantra, où la connexion émotionnelle et l'exploration du plaisir sont des éléments clés.

Comment pouvez-vous cultiver ces archétypes en vous ? C'est là que le Tantra brille vraiment. Grâce à ses pratiques de méditation, de respiration et de massage, le Tantra vous offre des outils puissants pour vous connecter à ces aspects de vous-même et les mettre en lumière.

Mais n'oubliez pas qu'il ne s'agit pas d'un chemin de transformation rapide ou facile. Il requiert de la patience, de la persévérance et, surtout, de l'authenticité. Comme l'a écrit le poète et philosophe Ralph Waldo Emerson dans son essai "Self-Reliance" (1841), "Être ce que nous sommes et devenir ce que nous sommes capables d'être est le seul but de la vie". Alors, mon ami, je t'encourage à t'embarquer dans ce voyage avec courage et authenticité. Il n'y a rien de plus courageux que d'être soi-même. Et sur le chemin du Tantra, il n'y a rien de plus sacré que cela.

Nous allons donc continuer à approfondir cette voie fascinante et parfois difficile de l'éveil masculin dans le Tantra, en l'illustrant par des exemples concrets que vous pourrez mettre en pratique dans votre esprit. Un bon exemple peut être la pratique tantrique de la respiration consciente.

Imaginez un homme qui, tout au long de sa vie, a été entraîné à faire preuve de force, à ne pas montrer ses émotions, à participer à des compétitions, à gagner. Cet homme peut avoir l'impression que son corps est quelque chose qu'il faut contrôler, dominer. Il peut même s'être déconnecté de son corps à tel point qu'il lui est difficile d'identifier ses propres besoins et désirs. Cet homme, lorsqu'il aborde le Tantra, peut rencontrer de fortes résistances intérieures, il peut avoir l'impression que son concept de masculinité est remis en question.

Un jour, il décide de participer à un atelier de Tantra. Au début, il se sent mal à l'aise, hors de sa zone de confort. Mais peu à peu, en pratiquant la respiration consciente, il commence à remarquer un changement. Il sent son corps se détendre, les tensions se dissiper. Et puis, quelque chose d'extraordinaire se produit : vous commencez à ressentir.

Elle sent la délicatesse du tissu de ses vêtements contre sa peau, la chaleur de sa propre respiration, les pulsations rythmiques de son cœur. Il découvre des sensations qu'il n'avait jamais éprouvées auparavant. Il réalise que son corps n'est pas un adversaire à contrôler, mais un allié, un temple de sensations, un portail vers une nouvelle façon d'être.

Cet homme est un exemple de la façon dont le Tantra peut transformer notre relation avec notre propre masculinité. Grâce à des pratiques simples mais puissantes telles que la respiration consciente, nous pouvons apprendre à écouter notre corps, à l'honorer et à en prendre soin. Nous pouvons apprendre à ressentir, à connecter et à célébrer notre masculinité d'une manière qui soit nourrissante et enrichissante.

Un autre exemple est la méditation, un autre outil central du Tantra. Prenons l'exemple d'un homme qui s'est toujours senti déconnecté de ses émotions. Grâce à la méditation, il peut apprendre à observer ses émotions sans jugement, à les accueillir et à leur permettre d'exister. Il peut découvrir qu'il est possible d'être un homme et de pleurer, de ressentir la peur, d'exprimer l'amour. Il peut apprendre que la véritable force ne se trouve pas dans la répression, mais dans l'acceptation et la vulnérabilité.

Ainsi, mon ami, le Tantra offre un chemin d'éveil pour l'homme moderne, un chemin qui vous invite à explorer, découvrir et embrasser toutes les facettes de votre masculinité. Une voie qui vous invite à être vraiment vous-même.

Percevez-vous que l'idée démodée selon laquelle la masculinité est synonyme de dureté et de domination s'estompe progressivement ? Percevez-vous que la voie tantrique conduit à un éveil où masculinité et sensibilité peuvent aller de pair, sans impliquer de contradiction ?

C'est comme si nous effeuillions une fleur, couche par couche, révélant l'essence la plus pure de ce que signifie être humain dans un contexte de pleine conscience. Comme si nous effacions d'anciennes inscriptions dans la pierre pour en réécrire une nouvelle, qui permette aux hommes d'être pleinement humains, de ressentir profondément, d'aimer intensément et de vivre authentiquement.

Cet éveil n'est pas un chemin facile, je l'admets. Il te faudra du courage pour regarder en toi, de la patience pour désapprendre et réapprendre, et un cœur ouvert pour accepter toutes les facettes de ton être. Mais, mon ami, je peux t'assurer que le voyage en vaut la peine. Tu transformeras non seulement ta relation avec toi-même, mais aussi tes relations avec les autres. Vous deviendrez un phare d'amour, d'acceptation et de compréhension, éclairant la voie pour d'autres hommes qui cherchent également à s'éveiller.

C'est ainsi que s'achève notre voyage au chapitre 22, " L'éveil des hommes : masculinité et sensibilité dans le tantra ". Tout au long de ce voyage, nous avons exploré comment le Tantra peut aider les hommes à se défaire des vieux liens de la masculinité traditionnelle et à s'engager sur la voie de la découverte de soi et de l'authenticité.

Je vous remercie de m'avoir accompagné dans ce voyage et j'espère que ce que nous avons exploré ensemble vous aidera sur votre chemin personnel de croissance et de transformation. Prêt à aller de l'avant ? Je vous invite à me rejoindre dans le prochain chapitre ! Nous y plongerons dans le monde intéressant du massage tantrique et de la culture, où nous remettrons en question certaines normes et croyances établies. Je vous promets que ce sera un voyage fascinant, plein de surprises et de découvertes. Au plaisir de vous y retrouver ? En attendant, entretenez la flamme de votre cœur !

Chapitre 23 : Massage tantrique et culture : remettre en question les normes et les croyances

Rejoignez-moi dans ce voyage fascinant, plongez dans les eaux peu explorées de l'intersection entre le massage tantrique et la culture. Ce n'est pas un voyage pour les âmes sensibles, c'est un défi, une remise en question de la normativité et des croyances dont nous avons hérité et que nous avons adoptées. Mais ne vous inquiétez pas, je promets de vous maintenir à flot, de vous guider avec la lumière de la sagesse tantrique alors qu'ensemble nous démantelons les notions préconçues sur la sexualité et le plaisir.

Vous êtes-vous déjà demandé comment les croyances et les normes culturelles ont influencé votre vie sexuelle ? Comment elles ont façonné vos attentes, vos désirs, votre sens du bien et du mal ? Vous êtes-vous déjà arrêté pour réfléchir à la part de ce que vous croyez et ressentez qui vous appartient réellement et à la part qui vous a été imposée par la culture dans laquelle vous avez grandi ?

La culture est une toile complexe tissée de fils d'histoire, de politique, d'économie, et chacune de ces dimensions a quelque chose à dire sur la sexualité et le plaisir. Certaines cultures vénèrent le corps et célèbrent la sexualité, comme l'ancienne civilisation de l'Inde, où est né le Tantra. D'autres considèrent le corps et le plaisir sexuel comme des péchés ou des impuretés, créant ainsi une forte division entre le spirituel et le physique.

Cependant, il est important de se rappeler que la culture n'est pas un bloc monolithique. Il existe une variété de croyances et de pratiques au sein de chaque culture, et chaque individu a la capacité de remettre en question, de réinterpréter et de changer les normes culturelles. C'est là que le massage tantrique entre en jeu, en tant qu'outil puissant pour remettre en question les normes culturelles restrictives et cultiver une relation plus saine et plus épanouissante avec notre sexualité.

Êtes-vous prêt pour cette aventure, pour cette exploration courageuse des intersections entre le massage tantrique et la culture ? Je vous assure qu'il ne changera pas seulement votre façon de voir votre sexualité, mais qu'il transformera aussi votre relation avec votre corps, avec votre partenaire et avec vous-même. Alors, respirez profondément, ouvrez votre esprit et votre cœur, et rejoignez-moi pour ce voyage vers l'inconnu.

Nous avons déjà ouvert la porte et nous allons maintenant nous plonger encore plus profondément dans ce fascinant labyrinthe culturel. Commençons par un retour sur l'histoire du tantra et son évolution dans les différentes cultures. Saviez-vous que le massage tantrique, tel que nous le connaissons aujourd'hui, est le résultat de milliers d'années de pratique et d'expérimentation ?

Oui, vous serez peut-être surpris d'apprendre que le Tantra trouve ses racines dans l'Inde ancienne et qu'il a été influencé et façonné par toute une série de cultures et de traditions religieuses au fil des siècles. Bien qu'il ait été marginalisé et réprimé par les forces coloniales et les normes culturelles restrictives, le Tantra a survécu, a muté et s'est adapté. Même face à l'adversité, la graine du Tantra n'a jamais cessé de croître.

Comme la rivière qui coule sans cesse et modifie le paysage, le Tantra a influencé et changé les cultures qu'il a touchées. Grâce au massage tantrique, nous avons vu comment les normes et les croyances en matière de sexualité et de plaisir peuvent être remises en question, contestées et finalement transformées.

À cet égard, un livre publié en 1989 par l'anthropologue culturel William Jankowiak, intitulé "Sex, Death, and Hierarchy in a Chinese City" (Sexe, mort et hiérarchie dans une ville chinoise), me vient à l'esprit. Jankowiak a étudié la manière dont les changements culturels en Chine ont affecté la sexualité et les relations intimes. Il a constaté que les idées sur la sexualité étaient fortement influencées par la politique, l'économie et la hiérarchie.

En particulier, Jankowiak a expliqué comment le massage tantrique remettait en question les normes sociales et sexuelles dans la Chine contemporaine, en offrant un espace sûr où les gens pouvaient explorer leur sexualité et leur plaisir d'une manière que la culture dominante réprimait ou niait souvent. Cette étude n'est qu'un exemple parmi d'autres de la façon dont le massage tantrique peut agir comme une contre-culture, en remettant en question les normes et les croyances restrictives.

J'aimerais que vous preniez un moment pour y réfléchir. Pouvez-vous voir comment votre culture a influencé votre propre sexualité ? Comment elle a façonné vos désirs, vos peurs, vos attentes ? Et surtout, pouvez-vous voir comment le massage tantrique peut être un moyen de remettre en question et de transformer ces normes et ces croyances ?

Laissez-moi vous raconter une histoire qui illustre clairement le choc et le mélange des cultures. Au cœur de cette histoire se trouve le massage tantrique, qui joue un rôle crucial à l'intersection de deux mondes.

Imaginez un petit village de Thaïlande, un joyau caché où la tradition est encore bien vivante. Ici, le massage traditionnel thaïlandais, également connu sous le nom de "Nuad Boran", est transmis de génération en génération. Un jour, un voyageur étranger arrive au village. Il a exploré le monde, s'est familiarisé avec diverses techniques de massage et, au cours de son périple, a découvert le massage tantrique.

Ce voyageur décide de partager ses connaissances avec les villageois. Au début, il y a des résistances. Le massage tantrique est différent, il est inconnu. Certains y voient même une menace pour leur forme traditionnelle de massage. Mais peu à peu, les gens deviennent curieux. Ils essaient la technique, expérimentent l'énergie tantrique et commencent à l'apprécier.

La fusion commence alors. Les éléments du massage tantrique commencent à s'intégrer au Nuad Boran. Il en résulte quelque chose de nouveau, de vibrant. Il s'agit d'une forme de massage qui porte l'énergie des deux cultures, remettant en question et enrichissant en même temps leurs croyances et pratiques établies.

Cette histoire, cher lecteur, n'est qu'un exemple parmi d'autres. Elle s'est produite et continue de se produire sous d'innombrables formes et dans d'innombrables endroits. Mais toujours au cœur de ce choc et de ce mélange éventuel des cultures, nous trouvons le massage tantrique, qui défie les normes, fait tomber les barrières et crée des ponts.

L'auteur et psychologue David Deida, dans son livre "The Way of the Superior Man" (1997), apporte ici un éclairage pertinent. Deida affirme que chaque individu et chaque culture ont leurs propres façons d'exprimer et de vivre la sexualité. Mais il suggère également que toutes les cultures peuvent bénéficier d'une ouverture à de nouvelles formes d'expression sexuelle et sensuelle, telles que le Tantra.

Imaginez un instant ce qui se passerait si la pratique du massage tantrique se répandait dans votre propre culture. Comment les attitudes à l'égard de la sexualité changeraient-elles ? Comment les relations se transformeraient-elles ? Comment vous transformeriez-vous ? Voyez-vous le pouvoir du massage tantrique de remettre en question les normes et les croyances ?

Maintenant, asseyez-vous avec moi ici, dans cet espace imaginaire où culture et croyance se rencontrent et se confondent, et réfléchissez à ce que nous avons découvert ensemble dans ce chapitre.

Nous avons parlé de la capacité du massage tantrique à remettre en question les normes et les croyances culturelles. Nous avons discuté de la manière dont la pratique du Tantra peut ouvrir de nouvelles portes de perception, en encourageant les gens à explorer et à accepter des formes de sexualité plus libres et plus conscientes. Et nous avons vu comment, ce faisant, le massage tantrique peut agir comme un agent de changement et de croissance personnelle, mais aussi sociale et culturelle.

Car, si vous y réfléchissez bien, chaque fois que vous remettez en question vos propres croyances, chaque fois que vous vous ouvrez à de nouvelles idées et pratiques, vous changez non seulement vous-même, mais aussi le monde qui vous entoure. Vous devenez le catalyseur d'un changement plus large. Comme l'a écrit le sociologue et philosophe français Michel Foucault dans L'histoire de la sexualité (1976), "Là où il y a du pouvoir, il y a de la résistance".

Et cette résistance n'est-elle pas un signe de croissance, d'évolution, de transformation ? Cette résistance n'est-elle pas le germe de la révolution personnelle et culturelle que le massage tantrique peut déclencher ?

Voyez les choses sous cet angle : chaque fois que vous choisissez d'explorer la voie du Tantra, chaque fois que vous pratiquez le massage tantrique, vous ne nourrissez pas seulement votre propre croissance et votre propre transformation. D'une manière ou d'une autre, vous remettez en question les normes et les croyances culturelles, vous repoussez les limites de ce qui est considéré comme possible et acceptable, et vous contribuez à un changement plus profond et plus large de la société.

Je t'invite donc, mon ami, à continuer d'explorer, de relever des défis, de grandir. Car, en fin de compte, c'est là le véritable pouvoir et la véritable beauté du massage tantrique.

Alors que nous approchons de la fin de ce chapitre, permettez-moi de vous donner un avant-goût de ce qui nous attend dans le prochain. Nous allons entrer dans un territoire passionnant et révolutionnaire : l'idée d'atteindre l'illumination par le plaisir. C'est une perspective qui, j'en suis sûr, vous remplira d'impatience et de curiosité. Alors, êtes-vous prêt à poursuivre ce voyage avec moi ? J'espère que vous l'êtes. Car, après tout, nous sommes dans le même bateau.

Chapitre 24 : Atteindre l'illumination par le plaisir : une voie révolutionnaire

Cher lecteur, je vous invite à vous asseoir confortablement, à respirer profondément et à vous préparer à un voyage révolutionnaire vers l'illumination. Il ne s'agit pas d'un chemin de sacrifice et de privation, mais d'un chemin qui accepte et célèbre le plaisir comme une partie intrinsèque de notre existence. Ne trouvez-vous pas cela fascinant et libérateur ?

Vous avez probablement entendu parler de l'illumination comme d'un état de conscience accrue, d'un éveil spirituel généralement associé au renoncement au monde matériel et aux plaisirs sensuels. Et si je vous disais qu'il existe une école de pensée qui, au lieu de rejeter le plaisir, le célèbre comme un vecteur d'illumination ?

Tel est le principe du Tantra. Alors que de nombreuses traditions spirituelles ont adopté une vision négative du corps et du plaisir, les considérant comme des distractions ou des tentations sur le chemin de l'illumination, le Tantra, au contraire, embrasse la totalité de l'expérience humaine, y compris le plaisir, comme une expression de la divinité. Comme je l'ai expliqué dans le chapitre 6 : "L'éveil de la Kundalini : énergie sexuelle et spiritualité", la philosophie tantrique considère l'énergie sexuelle comme une forme d'énergie spirituelle, et en la canalisant consciemment, nous pouvons atteindre un état de conscience plus élevé.

Mais que signifie réellement le terme "illumination" ? Et comment est-il possible d'atteindre l'illumination par le plaisir ?

L'illumination est un terme qui a été utilisé et redéfini par diverses traditions et écoles de pensée tout au long de l'histoire. Bien qu'il n'existe pas de définition unique universellement acceptée, il fait généralement référence à un état de conscience dans lequel nous surmontons la perception dualiste de nous-mêmes et du monde, en parvenant à une compréhension profonde de l'unité de toutes les choses. Dans cet état, nous faisons l'expérience d'une paix profonde et d'une libération de la souffrance.

Lorsque nous parlons d'atteindre l'illumination par le plaisir dans le contexte du Tantra, nous faisons référence à l'acte de témoigner et d'expérimenter consciemment le plaisir comme une forme de méditation. Grâce à cette pratique, nous pouvons apprendre à transcender la pensée dualiste et à reconnaître la divinité dans toutes les expériences, y compris les expériences sensuelles et érotiques.

Ce concept peut sembler quelque peu révolutionnaire et vous vous demandez peut-être : comment est-il possible que le plaisir puisse mener à l'illumination ? Je vous invite à rester avec moi, mon ami, pour explorer ensemble ce chemin fascinant. Dans les sections suivantes, nous allons nous plonger dans cette idée, en citant des ouvrages et des auteurs pertinents, et en proposant des exemples concrets pour vous aider à comprendre et peut-être à expérimenter par vous-même ce chemin révolutionnaire vers l'illumination par le plaisir.

J'espère que vous vous sentez à l'aise, car maintenant, ensemble, nous allons entrer dans un vaste océan de sagesse et de connaissances, en surfant sur les vagues des mots de quelques grands penseurs et sages qui ont emprunté ce chemin avant nous.

L'enseignement du tantra en tant que voie d'éveil n'est pas nouveau, il s'est même développé au fil des siècles. Le maître tantrique Osho, dans son ouvrage "Tantra : The Supreme Understanding" (1975), a apporté une vision nouvelle et libératrice du tantra, en le présentant non pas comme une technique, mais comme une attitude à l'égard de la vie. Osho nous encourage à accepter et à célébrer toutes nos expériences, y compris le plaisir, comme faisant partie intégrante de notre chemin spirituel. "La vie est un flux avec la rivière du cosmos", disait-il. "S'écouler avec lui, c'est le Tantra ; y résister, c'est le samsara (la souffrance).

Et ce flux, cher lecteur, est aussi un flux de plaisir, de joie et d'extase. Selon Osho, lorsque nous nous autorisons à ressentir pleinement, lorsque nous sommes authentiques dans nos expériences et lorsque nous cessons de nous retenir, nous sommes sur la voie de l'illumination.

Cette pensée se reflète également dans les paroles de Daniel Odier, un autre maître tantrique contemporain. Dans son livre "Desire : The Tantric Path to Awakening" (2001), Odier explore l'idée que les désirs et les sensations ne sont pas des obstacles à l'éveil, mais qu'ils peuvent être utilisés comme un chemin vers celui-ci. "Le Tantra nous invite à accueillir nos sensations parce qu'elles sont extrêmement riches de sagesse", nous dit Odier. Sentez-vous la révolution que cette idée apporte, le pouvoir libérateur qu'elle recèle ?

Qu'en est-il du tantra dans la tradition hindoue ? Selon David Gordon White dans son ouvrage "Kiss of the Yogini" (2003), les pratiques tantriques dans l'Inde ancienne comprenaient souvent des rituels qui remettaient en question les normes sociales et religieuses, y compris la jouissance des plaisirs sensuels. Plutôt que de considérer ces actes comme des péchés ou des distractions, ils étaient perçus comme des moyens d'atteindre l'illumination.

En réfléchissant à ces idées, j'aimerais que vous pensiez à la manière dont vous avez tendance à vivre votre propre vie. Essayez-vous de réprimer ou d'ignorer vos désirs et vos plaisirs ? Ou êtes-vous prêt à les accueillir et à les vivre pleinement, à les explorer comme un chemin vers une compréhension plus profonde de vous-même et de l'univers ? À quoi ressemblerait votre vie si vous choisissiez d'accueillir et de célébrer vos plaisirs plutôt que de les craindre ou d'y résister ?

N'oubliez pas que je ne vous suggère pas de renoncer à vos responsabilités ou d'adopter un comportement autodestructeur au nom du plaisir. Ce que je vous invite à envisager, c'est la possibilité de voir et de vivre vos plaisirs d'une manière attentive et méditative, d'apprendre à les savourer pleinement et d'explorer ce qu'ils peuvent vous apprendre sur vous-même et sur la vie.

Comment appliquer tout cela à notre propre expérience, comment mettre la théorie en pratique ? Prenons quelques exemples concrets.

Imaginez que vous êtes au milieu d'un massage tantrique. Vous êtes conscient de chaque sensation qui parcourt votre corps, de chaque toucher, de chaque pression. Vous êtes dans un état de relaxation profonde, mais aussi de conscience intense. Puis, vous ressentez une poussée de plaisir qui vous parcourt de la pointe des orteils au sommet de la tête. Au lieu d'essayer de le contrôler, d'y résister ou de culpabiliser, vous l'observez simplement. Vous le laissez vous traverser. Vous l'accueillez, l'acceptez et l'expérimentez dans toute sa profondeur et son intensité. Cette poussée de plaisir devient alors un vecteur de connaissance de soi : que vous apprend-elle sur vous-même, sur vos désirs, sur vos blocages, sur votre capacité de joie et de connexion ? En vous permettant d'expérimenter pleinement ce plaisir, vous mettez en pratique l'enseignement tantrique selon lequel l'illumination peut être atteinte par le biais du plaisir.

Ou peut-être êtes-vous en pleine séance de méditation. Vous êtes assis tranquillement, observant vos pensées sans jugement. Soudain, vous réalisez que vous avez une forte envie de manger un morceau de gâteau au chocolat qui vous attend dans la cuisine. Au lieu de considérer ce désir comme une distraction, vous l'acceptez et l'observez. Quelles émotions sont associées à ce désir - anxiété, anticipation, excitation, culpabilité ? Et qu'est-ce que cela vous apprend sur votre relation à la nourriture, au plaisir, à la récompense et à la gratification ? En vous autorisant à ressentir et à explorer ce désir, plutôt que de le réprimer ou de l'ignorer, vous mettez en pratique l'enseignement tantrique selon lequel nos désirs peuvent être un chemin vers l'illumination.

Mais voici une note d'humour : il est très probable qu'à la fin de votre méditation, vous vous retrouviez à courir vers la cuisine à la recherche de ce morceau de gâteau. Et c'est tout à fait normal ! Il ne s'agit pas de réprimer nos plaisirs et nos désirs, mais d'apprendre à les accueillir et à les vivre de manière plus consciente et plus épanouie. Si nous décidons de savourer ce gâteau, pouvons-nous le faire d'une manière qui nous permette de le déguster pleinement, plutôt que de le manger à la hâte en pensant à la prochaine chose que nous avons à faire ?

J'aimerais maintenant que vous pensiez à vos propres expériences. Y a-t-il une situation où vous avez ressenti le plaisir ou le désir d'une manière similaire ? Ou peut-être y a-t-il une situation dans votre vie où vous pourriez commencer à appliquer ces enseignements tantriques ? Permettez-moi de vous rappeler qu'il n'est pas nécessaire d'être un expert en tantra ou d'avoir une quelconque expérience préalable pour commencer à explorer ces idées dans votre vie quotidienne. Vous avez simplement besoin d'un esprit ouvert, d'une attitude de curiosité et d'une volonté d'expérimenter et d'apprendre.

Ceci étant dit, il est important de souligner que, bien que l'idée d'atteindre l'illumination par le plaisir puisse sembler révolutionnaire, elle n'est en aucun cas nouvelle. En fait, il s'agit d'un enseignement présent dans les traditions tantriques depuis des milliers d'années, qui a été confirmé et réaffirmé par de nombreux auteurs et experts tout au long de l'histoire.

Par exemple, Margot Anand, auteur du livre "The Art of Sexual Ecstasy" (1997), nous explique comment le Tantra nous apprend à vivre une vie d'"extase quotidienne", dans laquelle chaque sensation, chaque émotion et chaque expérience peut devenir une porte d'entrée vers l'illumination. De même, Daniel Odier, dans son livre "Desire : Tantrism and the Vital

Energy of Sex" (2001), nous invite à considérer le désir comme une voie sacrée de découverte de soi et de transcendance.

Cependant, atteindre cette illumination par le plaisir n'est pas un processus automatique ou instantané. Il ne suffit pas de le souhaiter ou de lire des articles à ce sujet. Il faut de la pratique, de l'engagement, de la patience et, surtout, du courage. Le courage d'affronter nos propres désirs, plaisirs, peurs et résistances. Le courage de se lancer dans l'inconnu, d'explorer de nouvelles façons d'être et de ressentir. Et le courage de nous permettre de vivre pleinement, sans réserve, sans culpabilité et sans peur.

Si vous êtes arrivé jusqu'ici, vous avez probablement déjà eu quelques aperçus de cette illumination par le plaisir. Peut-être lors d'un massage tantrique, d'une méditation, d'une rencontre amoureuse, de la dégustation d'un délicieux repas ou de la simple contemplation d'un coucher de soleil. Et vous vous demandez peut-être : comment puis-je approfondir cette expérience, comment puis-je intégrer cet enseignement dans tous les aspects de ma vie ?

Si vous vous posez ces questions, vous êtes sur la bonne voie. Et, cher lecteur, le chapitre suivant est justement consacré à cela. Nous y explorerons comment vous pouvez faire passer ces enseignements de la théorie à la pratique, comment vous pouvez passer de la simple compréhension intellectuelle à la vie et à l'expérience véritables. Nous parlerons de la manière dont vous pouvez intégrer le tantra dans votre vie quotidienne, comment vous pouvez devenir un maître ou un enseignant tantrique à part entière.

Car, en fin de compte, c'est ce qui compte vraiment. Il ne s'agit pas seulement de connaître le Tantra, mais de le vivre, de se l'approprier, de l'intégrer dans tous les aspects de notre existence. Et c'est là, à la croisée des chemins entre la connaissance et l'expérience, que nous trouvons le véritable potentiel du Tantra.

Je vous invite donc à vous joindre à moi pour ce voyage passionnant. Ensemble, nous explorerons les secrets du Tantra, nous apprendrons à vivre une vie d'épanouissement et de plaisir, et nous découvrirons comment atteindre l'illumination par la joie. Êtes-vous prêt à relever le défi ? Êtes-vous prêt à vous embarquer dans ce voyage vers votre propre éveil ?

Chapitre 25 : De la pratique à la maîtrise : votre chemin vers l'illumination tantrique".

Ce chapitre, cher lecteur, est une invitation. Une invitation à entreprendre un voyage, une expédition vers le plus haut sommet de votre être, votre véritable moi. Êtes-vous prêt à accepter ce défi ? Êtes-vous prêt à prendre l'engagement nécessaire pour passer de la simple pratique à la véritable maîtrise tantrique ?

Le chemin vers l'illumination tantrique n'est pas une promenade de santé. Il exige de vous un engagement profond, de la persévérance, du dévouement et une ouverture du cœur et de l'esprit à des expériences qui peuvent remettre en question vos idées préconçues et vous sortir de votre zone de confort. Êtes-vous prêt à affronter tout cela ?

Cependant, ne vous laissez pas intimider par cette proposition, car les récompenses sont inégalées. L'illumination tantrique, cet état de conscience accrue et d'unité avec le tout, est au-delà des mots. Il ne peut être décrit, il ne peut être qu'expérimenté. Et oui, il est possible de l'atteindre. Il n'est pas réservé aux moines des monastères reculés ou aux gourous des montagnes, il est pour vous, ici et maintenant.

Mais tout d'abord, que signifie réellement passer de la pratique à la maîtrise dans le contexte du Tantra ? À quoi cela ressemble-t-il dans la pratique ? Et comment pouvez-vous, vous-même, commencer à suivre ce chemin ?

Examinons d'abord la pratique. Comme nous l'avons vu dans les chapitres précédents, le Tantra implique une série de pratiques et de techniques qui nous aident à nous connecter à notre énergie sexuelle, à la développer et à la sublimer. Il s'agit notamment du massage tantrique, de la méditation, du pranayama (pratique respiratoire), de la visualisation des chakras, de la danse, de l'alimentation en pleine conscience, et de bien d'autres choses encore. Ce sont tous des outils précieux et puissants, et ils sont essentiels dans votre voyage tantrique. Dans les chapitres précédents, nous vous avons donné des conseils détaillés sur la manière d'intégrer ces pratiques dans votre vie quotidienne.

La maîtrise, cependant, est quelque chose de plus. C'est un niveau qui va au-delà de la pratique. La maîtrise tantrique ne consiste pas à savoir combien de temps vous pouvez retenir votre respiration ou combien de postures de massage tantrique vous connaissez. Non, la véritable maîtrise tantrique concerne la façon dont vous vivez votre vie. Il s'agit de la façon dont vous interagissez avec le monde qui vous entoure, de la façon dont vous êtes en relation avec les autres et avec vous-même. Il s'agit de la façon dont vous gérez vos émotions, vos désirs, vos peurs. Il s'agit de savoir si vous pouvez vivre dans un état de présence, d'ouverture et d'amour inconditionnel, peu importe ce que la vie vous réserve.

Comme le dit Daniel Odier dans "Tantra : Path of Ecstasy" (1999), "Le Tantra n'est pas une technique mais un amour. Un amour qui transcende tous les conditionnements et touche le cœur de l'existence". En d'autres termes, la voie de la maîtrise tantrique est, par essence, une voie vers l'amour. Un amour qui englobe tout, qui transforme tout. Il ne s'agit pas d'un amour romantique, ni d'un amour platonique, mais d'un amour qui dépasse les étiquettes et les définitions. Un amour qui naît du centre de votre être et s'étend vers l'infini, touchant et transformant tout sur son passage.

Ce genre d'amour, ce genre de maîtrise, ne s'apprend pas dans un livre ou dans un cours. Il ne se mesure pas en heures de pratique ou en niveaux de compétence. C'est quelque chose qui se vit, qui s'expérimente, qui s'incarne.

Pour mieux comprendre ce concept, pensons au maître zen. Dans le zen, on dit que le vrai maître n'est pas celui qui a lu tous les textes sacrés ou qui peut rester assis en méditation pendant des heures sans bouger. Le véritable maître zen est celui qui peut voir le sacré dans l'ordinaire, qui peut trouver la paix au milieu du chaos, qui peut vivre dans un état de présence et de compassion, quelles que soient les circonstances. Comme le dit Shunryu Suzuki dans "Zen Mind, Beginner's Mind" (1970), "Le débutant a de nombreuses possibilités, l'expert en a peu".

De même, le véritable maître tantrique n'est pas celui qui a appris toutes les techniques et les postures, mais celui qui vit à partir d'un lieu d'amour, de présence et d'ouverture. Celui qui, selon les mots d'Osho dans "Tantra : The Supreme Understanding" (1975), peut "transformer le banal en sacré".

Comment atteindre cet état, comment passer de la pratique à la maîtrise ? En vérité, il n'existe pas de réponse unique à ces questions. Chacun d'entre nous a son propre chemin, ses propres expériences, ses propres apprentissages. Ce qui fonctionne pour l'un peut ne pas fonctionner pour l'autre. Ce qui prend des mois à l'un peut prendre des années à l'autre.

Et c'est très bien ainsi. Après tout, le Tantra n'est pas une course, mais un voyage, un processus de découverte de soi et de croissance.

Cependant, certains principes généraux peuvent nous aider dans cette voie. Tout d'abord, il est important de comprendre que la maîtrise n'est pas une destination, mais un chemin. Ce n'est pas quelque chose que l'on atteint puis que l'on maintient, mais quelque chose que l'on cultive et que l'on nourrit jour après jour. À chaque instant, à chaque interaction, à chaque respiration, nous avons l'occasion de pratiquer la maîtrise.

Deuxièmement, il est important d'être patient et bienveillant envers soi-même. Le chemin vers la maîtrise peut être long et difficile. Il y aura des moments de doute, de frustration, de peur. Dans ces moments-là, il est essentiel de se rappeler d'être gentil avec soi-même, de se rappeler que chaque pas, aussi petit soit-il, est un pas dans la bonne direction.

Troisièmement, il est essentiel de maintenir une attitude d'apprentissage et de curiosité. Comme le dit Jack Kornfield dans "After the Ecstasy, the Laundry" (2000), "Le maître spirituel est celui qui ne cesse d'apprendre". Dans le Tantra, comme dans toute autre voie spirituelle, il y a toujours plus à apprendre, plus à explorer, plus à découvrir. Garder un esprit ouvert, réceptif et curieux nous permettra de continuer à grandir et à évoluer, peu importe depuis combien de temps nous sommes sur le chemin.

Mais comment tout cela s'applique-t-il à la pratique du massage tantrique ? Comment passe-t-on de l'exécution des mouvements et des techniques à une véritable incarnation de l'esprit du Tantra ? Prenons un exemple concret.

Imaginez que vous donnez un massage tantrique à votre partenaire. Vous avez étudié les techniques, vous avez créé un espace sacré, vous avez fait tout ce que vous étiez censé faire. Pourtant, quelque chose ne va pas. Votre partenaire semble apprécier le massage, mais vous avez l'impression qu'il manque quelque chose, qu'il y a un décalage entre ce que vous faites et ce que vous ressentez.

À ce moment-là, vous risquez de paniquer. Vous pourriez commencer à vous juger, à remettre en question vos capacités, à vous comparer aux autres. Vous pourriez essayer de forcer la connexion, de faire plus ou mieux. Mais cela ne ferait qu'accroître la déconnexion et la frustration.

Au lieu de cela, vous pouvez choisir de respirer profondément. Vous pouvez choisir de revenir à votre corps, à votre présence, à votre cœur. Vous pouvez choisir de vous rappeler que vous, comme votre partenaire, êtes un être sacré et que chaque geste, chaque toucher, chaque soupir est une offrande d'amour.

Vous pourriez choisir, à cet instant, d'arrêter de faire et de commencer à être. D'arrêter d'agir et de commencer à ressentir. D'arrêter de regarder à l'extérieur et de commencer à regarder à l'intérieur.

Et c'est dans ce changement de perspective, dans cet acte d'abandon et d'ouverture, que vous trouverez la véritable maîtrise. Non pas dans la maîtrise des techniques, mais dans la reconnaissance de la divinité en vous et dans l'autre. Non pas dans la perfection de la forme, mais dans l'authenticité de la présence.

Ce n'est qu'un exemple de la façon dont le chemin de la maîtrise peut se manifester dans la pratique du massage tantrique. Il y a autant de chemins que de personnes, et chacun d'entre nous devra découvrir le sien.

Je vous invite donc à franchir le pas. À vous ouvrir au mystère. À vous permettre d'être un éternel apprenant, un éternel chercheur. Car, comme le dit Rumi dans "The Essential Rumi" (1995), "Celui qui cherche est celui qui est recherché".

Êtes-vous prêt à entreprendre ce voyage ? Êtes-vous prêt à cesser d'être un praticien et à devenir un maître ? Êtes-vous prêt à cesser de regarder à l'extérieur et à commencer à regarder à l'intérieur ?

Si la réponse est oui, alors vous êtes prêt pour le prochain chapitre de votre voyage tantrique. Un voyage qui, comme vous le savez, n'a pas de fin. Un voyage qui est, en lui-même, la récompense.

Alors, cher lecteur, préparez-vous à l'extase de l'instant présent. Préparez-vous à un adieu qui n'est qu'un nouveau départ. Et n'oubliez jamais que vous êtes, comme nous tous, un être sacré, un miroir du divin.

Nous avons déjà surfé sur les vagues de l'histoire et de la science, dansé avec les subtilités de l'énergie et du désir, exploré les recoins de notre psyché et de notre cœur, et découvert les possibilités infinies qui se déploient lorsque nous osons nous abandonner au mystère. Tout cela en tissant un chemin, un chemin tantrique vers la maîtrise.

Vous avez affronté vos peurs et vos résistances, écouté la sagesse de votre corps et appris à apprécier le pouvoir du toucher. Vous avez cultivé la pleine conscience et la présence, et découvert l'importance de la communication et de l'espace sacré. Vous avez fait l'expérience du plaisir et de la libération que l'intégration et la transcendance peuvent apporter.

Chaque chapitre, chaque mot, chaque pause a été une étape de ce merveilleux voyage, un jalon sur le chemin de l'extase. Et bien que ce chapitre, comme le livre, s'achève, le chemin continue. Car le chemin du Tantra, comme le chemin de la vie, est un voyage sans fin, une danse éternelle d'exploration, de découverte et d'abandon.

Il est naturel de ressentir une certaine mélancolie à la fin d'un livre, comme à la fin de toute aventure. Vous pouvez être nostalgique des lieux que vous avez visités, des expériences que vous avez vécues, des révélations que vous avez eues. Et ce n'est pas grave. La mélancolie est la sœur douce de l'amour, la preuve que quelque chose a touché votre cœur.

Mais je veux aussi vous inviter à faire la fête. À célébrer le chemin parcouru, les défis relevés, les connaissances acquises. Célébrer le fait que, même si le livre se termine, la voie du Tantra vous est toujours ouverte, pleine de possibilités.

Cher lecteur, ce fut un réel plaisir de vous accompagner dans ce voyage. Votre présence, votre curiosité, votre ouverture d'esprit ont rendu ce livre possible. Votre voyage a été mon voyage, et j'en suis profondément reconnaissant.

Mon souhait pour vous est que vous continuiez à explorer, à grandir, à vous éveiller. Que la lumière du Tantra illumine votre chemin et vous guide vers la plénitude, la libération et l'extase. Puissiez-vous trouver la maîtrise non seulement dans la pratique du massage tantrique, mais aussi dans tous les aspects de votre vie.

Et n'oubliez jamais que, quel que soit l'endroit où votre voyage vous mène, vous serez toujours chez vous dans votre propre corps, dans votre propre cœur. Car vous êtes, comme nous tous, un être sacré, un miroir du divin.

Avec tout mon amour et ma gratitude, je vous souhaite le meilleur sur votre chemin tantrique. Que chaque pas soit une danse, chaque respiration une chanson, chaque instant une extase. Et que vous puissiez toujours, toujours suivre le chemin de votre cœur.

Adieu : L'extase du présent : Un adieu n'est qu'un nouveau départ

Nous voici au terme de ce fascinant voyage à travers les paysages du Tantra. Ce fut un voyage passionnant, profond et, je l'espère, transformateur. Nous nous sommes plongés dans les pratiques anciennes du massage tantrique, redécouvrant l'importance de nos cinq sens et l'alchimie du toucher, de la peau à l'âme. Nous avons appris à respirer la vie, à éveiller l'énergie de la Kundalini et à considérer notre corps comme un temple.

Nous avons affronté les blocages et les résistances, en apprenant à nous abandonner et à jouer avec la polarité. Nous avons osé danser avec l'énergie et explorer les centres de plaisir et d'énergie de notre corps, les chakras. Nous avons intégré la méditation et la pleine conscience dans le massage tantrique, découvert le langage du corps et la guérison par le toucher.

En outre, nous avons exploré différentes techniques et séquences de massage tantrique, recherché la synthèse des opposés et aspiré à transcender le temps et l'espace. Nous avons réfléchi à la manière dont le tantra peut approfondir nos relations et dont l'énergie sexuelle sublimée peut être canalisée en puissance créatrice.

Ensemble, nous avons remis en question les normes et les croyances culturelles et exploré le pouvoir de l'énergie sexuelle chez les femmes et les hommes. Enfin, nous avons examiné comment atteindre l'illumination par le plaisir et comment passer de la pratique à la maîtrise sur notre propre chemin vers l'illumination tantrique.

Comme vous pouvez le constater, nous avons couvert beaucoup de terrain. Mais comme dans tout voyage, il y a toujours plus à explorer. Le monde du Tantra est vaste et profond, et il y a toujours plus à apprendre et à expérimenter. Je vous encourage donc à continuer d'explorer, de pratiquer et d'approfondir votre compréhension et votre expérience du Tantra.

J'espère sincèrement que ce livre vous a fourni une carte utile pour votre voyage tantrique et que vous allez de l'avant avec courage, curiosité et ouverture d'esprit. Rappelez-vous que chaque pas sur ce chemin est un acte d'amour envers vous-même et envers les autres, et que le véritable maître du tantra n'est autre que votre propre cœur.

Avec tout mon amour et ma gratitude pour m'avoir rejoint dans ce voyage, je vous souhaite le meilleur sur votre chemin vers la maîtrise tantrique. Puissiez-vous toujours trouver l'extase dans le moment présent, et que chaque adieu soit simplement un nouveau départ.

Avec amour, Antonio Jaimez

Une dernière faveur

Chère

J'espère que vous avez apprécié la lecture de mon livre. Je vous remercie d'avoir pris le temps de le lire et j'espère que son contenu vous a été utile. Je vous écris aujourd'hui pour vous faire une demande très importante.

En tant qu'auteur indépendant, les critiques sont extrêmement précieuses pour moi. Non seulement elles m'aident à obtenir un retour d'information précieux sur mon travail, mais elles peuvent également influencer la décision des autres lecteurs d'acheter le livre. Si vous pouviez prendre quelques minutes pour laisser un avis honnête sur Amazon, cela m'aiderait beaucoup.

Encore une fois, merci d'avoir pris le temps de lire mon livre et d'avoir pris en compte ma demande de critique. Vos commentaires et votre soutien comptent beaucoup pour moi en tant qu'auteur indépendant.

Vous pouvez également trouver d'autres livres sur ce sujet sur ma page d'auteur Amazon.

https://www.amazon.es/~/e/B0C4TS75MD

Vous pouvez également visiter mon site web www.libreriaonlinemax.com où vous trouverez tous les types d'hypnose expliqués en détail, des hypnothérapies, des ressources gratuites et des cours de niveau expert. Vous pouvez également utiliser le code QR suivant :

Je vous prie d'agréer, Madame, Monsieur, l'expression de mes salutations distinguées,

Antonio Jaimez

Printed in France by Amazon
Brétigny-sur-Orge, FR

16241585R00114